中国·星星诗文库

與眾不同

李桂题

自石安 著

黄河出版传媒集团
宁夏人民出版社

图书在版编目(CIP)数据

与众不同/白炳安著.—银川:宁夏人民出版社,2016.7
ISBN 978-7-227-06393-3

Ⅰ.①与… Ⅱ.①白… Ⅲ.①散文诗—诗集—中国
—当代 Ⅳ.①I227

中国版本图书馆CIP数据核字(2016)第165815号

与众不同 白炳安 著

责任编辑 陈 晶
封面设计 王 稳
责任印制 肖 艳

黄河出版传媒集团
宁夏人民出版社 出版发行

出 版 人 王杨宝
地 址 宁夏银川市北京东路139号出版大厦(750001)
网 址 http://www.nxpph.com http://www.yrpubm.com
网上书店 http://shop126547358.taobao.com http://www.hh-book.com
电子信箱 nxrmcbs@126.com renminshe@yrpubm.com
邮购电话 0951-5052104 5019391
经 销 全国新华书店
印刷装订 四川金邦印务有限公司
印刷委托书号 (宁)0001833

开本 880mm×1230mm 1/32
印张 6 字数 150千字
版次 2016年7月第1版
印次 2016年7月第1次印刷
书号 ISBN 978-7-227-06393-3/I·1650
定价 38.00元

目录

与众不同

以矿工的名义致祖国

当一座煤矿以瓦斯的爆炸，喊出安全的漏洞。

祖国啊！你该用怎样的心情，收拾承担的责任？

煤矿是用煤写成的文章。

在矿工的日常写作里，谁能够在复杂的故事中，仔细看出隐蔽的错别字；用一种怀疑不安的诘问，检查由设备与煤层构成的每一个词组。趁一篇有问题的文章未发表之前，伸出认真的手，修改那些病句；用严格的审美标准衡量每一篇文章的好坏。

祖国啊！我们不能以矿工的伤亡作为文字，构成沉痛的悼文；我们不能仅仅以事故后的抚恤金，安抚家属的悲泪，而放弃对责任者的追究。

祖国啊！一篇文章的错误坠落到煤矿的版面，就会使一个滚烫的名词：煤——燃烧出极大的事端，用千吨后悔的泪水也难洗去内心的痛。

祖国啊！一遍遍问你，由一级级官员造成的错别字，该由谁负责？

为什么月亮可以擦亮黑夜？而祖国啊！你却至今拿不出办法擦亮地下的矿井；为什么矿工用一次次的死找到了隐患，而矿难的名字却没有在人民的阅读中消失？

祖国啊！该怎样把矿工的命运扛在肩上？该怎样面对矿工的痛哭和诉求，完成对煤矿的书写与问责？

2010. 1. 10

高速度与车子的命运有关

向前的方向没错，行驶的路线没变。

抓着方向盘就是握着满车人的命运。

从坎坷走向平坦，无法忽略付出的所有血汗。

一条路成为高速，在高速行驶，快如闪电。

路醒着，司机醒着，乘客睡着了。车子像一股风兴奋地向前飞跑。

车子从头红到尾，没有谁对这种色泽提出异议。

从阅读阳光到阅读星光，到阅读车与车之间的速度，我和乘客都在车厢里，闪过路边无数后退的物体。临近一个传统的佳节，把自己当作一封思亲的快件，以最快的速度寄往家里。

在高速公路疾驰，减慢速度或停顿下来，意味随时承受撞伤的烙印。

当下高速是执着的方向，社会的发展成为速度的动词，处处呈现着你追我赶的速度。

但一直的高速度，说不定那刻大雾笼罩，落得个车子相撞而头破血流；说不定那时跑出一只动物，急刹车来了个人仰马翻。

我必须向握着方向盘的人提出忠告：前进的速度太快会自毁！

2010. 1. 21

雨后的陈述或报告

核心提示：5月8日至10日，广东省南雄市持续降大到暴雨，部分地区出现特大暴雨，独具岭南文化魅力的珠玑古巷一棵千年古榕树在暴雨中被掀倒。

细雨润无声。日子里驻着点点滴滴的过客，轻写两幅书法：天与地。

迷茫的洇濡细节被人忽略。

大雨骑着河流，踩痛乡村与城市。

雨中的马跃出栏杆的念头，又被观众忽视。

暴雨打在岭南。持续的暴力在南雄市上演，生活在珠玑巷千年的主角：古榕——

被打倒在地。倒下的响亮！

让见证的头颅战栗得立刻坠下思想的深渊：是根浅，没有得到泥土深深拥护？

或是内部的根系暗里腐烂？

有声的警告，由一场突如其来的暴雨说出。

暴雨打湿的地方，写满险滑的内容，需要稳重的脚步注释。

2010. 5. 11

阅读侨乡（四章）

上川岛，人间的最爱

上川岛只有海水簇拥，显得单调，配上舒适的沙滩后，成了天然的浴场；只有礁石相伴，上川岛就孤寂了，加上上万的游客，比海浪的喧叫还要热闹。

上川岛有鱼出没，是微不足道的，写上有名的望夫石，而不省略动人的传说，就神了，成了当地的石景奇观；仅有渔港的彩排，上川岛是不够的，配上万吨级的泊位，让百舸鱼贯而入躺着，就是一枝独秀的风景。

上川岛单有沙堤漫步，是小小的浪漫，多了平坦的公路直通富裕，人行更自如，车走更飞快；只有绿树成林，是单一的色彩，多了挺拔的别墅群，耸立起一座座酒店，才是上川岛的整体景观，成了人间的天堂。

上川岛仅有黄昏的一幕演出，大海鼓掌得手舞足蹈，也配不上纯粹的夜色，唯有从大海深处请出月光，宣布最精彩的一幕是天地交接的白银。

上川岛虽小，却装着吃住玩乐的生活内容，成了人间的最爱。

上川岛的野生菠萝

比生命更平凡的植物，活在上川岛的海岸边，早已被命名为野生菠萝。没有培养的优越性，习惯被风吹雨打，每天伴着脚下大面积沉积的沙子，潮涨潮落，生命的躯干稍微波动。在扑来的排山倒海的大浪前，依旧保持绿的气质，拒绝匍匐，但不拒绝海的气味与海的放歌。守在沙滩，绝不消失锋利的尖刺。

在这个夏季，你看不到它欲望的花朵，伸手可触摸到金灿灿的果，尝与不尝都无所谓，可以说它味道一般，但不可以手砸它，不然它的刺会成为愤怒的刀，锋芒得逼迫你留下伤痕。

虽是野生，但无野性，依然抹不去月光发下的冷眼一样的白光。那些叽叽喳喳的海鸟，不喜欢带刺的面孔，拒绝在野生的菠萝丛林筑巢。这难道是野生所付出的代价吗？

为什么没有人明白它的核心是甜的，只看见它身上的刺？

而那些非野生的菠萝：从高处到高处

甜了整整一生。

铜鼓黑沙湾

黑沙湾的沙是被夜色涂抹？还是受岁月长久熏染？黑得粒细结实，黑出对人体有益的铁质元素。

黑沙湾的海浪有很大的力量，顺着风，冲掉了沙滩的忧伤人的疲态，擂动一面位于赤溪半岛的铜鼓，响起田头镇的民风。

那些泡在海里游在海里的人，将自己视作一只小船，揣着惊魂随浪飘着，没有想成为黑沙的元素，但柔顺的黑沙最适合做梦的沐浴，躺在海浴场，总能听到夜里大海沉睡的鼾声。这鼾声冷幽幽的，最不适合笛声伴奏。

如果证实有物体在浪尖上站着，肯定是船。只有船敢逆着风，骑在大海身上航行。而胆怯的人，只是躲在黑沙湾，悄悄地擂着那面沧桑的铜鼓。暗示此行的平安。

台山骑楼，最适合怀旧

我从怀旧的入口进来，看到台山，看到老城中心区的骑楼建筑。32 条骑楼街道，像 32 道风景在招引我的目光，为我引路、掌灯，走回怀旧的日子，背靠多种拱券的骑楼，温习那些砖柱、木梁、青砖、瓦顶，阅读骑楼的凝聚与买卖的墟集，挖掘出文化的特色与历史的价值。

从古代的骑楼到近代的骑楼，我找到了欧洲建筑风格的印记。可惜沧桑的岁月剥去了昔日艳丽的色彩，只遗留陈旧而斑驳的面目。

那个曾在骑楼建筑居住的少年，穿过骑楼的空间和流逝的光阴，已不再年轻，重新走上高层楼中的家，那个月亮照耀的不是年华，而是一头白发，反复将我折磨得说不清骑楼的往事。

在怀旧的日子里，无数的骑楼留下避雨的身影，留下乱写乱画的字句；在午夜的梦境里，雨水一遍遍刷湿骑楼的砖柱，用点点滴滴清澈的话叫醒我的鼾声。

逐一在 32 条骑楼街道行走，我沿着心灵的足迹寻找丢失的过失，把眼窝贮存的泪水倒满脸颊，落入嘴里当酒喝，眼看着摇摇晃晃的身影扑在一个坟冢上，盖住了夜晚的哭泣。

那是我的影子，拖着一条老去的记忆，认回美好的童年：父亲用艰辛的一生建造了骑楼的居屋。我在母亲的庇荫下，摆脱了寒冬的纠缠，得到了春天的温暖。

如今我从怀旧的出口出去，身后的台山，身后的老城中心区不再是我记忆的样子，一个华丽的转身，除留下那些骑楼供人忆念，已换了一副少女一样美的容颜。

2010. 12. 7

杯　子

1

把一种欲望斟满抑或空置成虚无，不取决于杯子的客体，而由手做裁判。

检验一杯忠肝义胆的浓度，不是经销的广告语，是属下的舌头，在迟疑里舔出儒家的曲香。

试探一杯笑容下的酒色，用眼光，从身边的人挑选，以比较学确定好红或白，对应每一张贪饮之嘴。

红的表示美颜。

白的暗喻纯洁。

那一种值得干杯为乐、为歌，在音乐的伴奏下按舞姿行事。

2

一只杯子以状景之物置身江湖的暗算，很难回到抽屉里安枕。

由空杯至半杯；半杯到满泻，被迫喝出一杯关系学，周旋于盏声灯影里，接受一次次酒的攻击与人的酬唱。

至于浮在生活的泡沫，趁未形成对身躯的污染

被善辩的口从杯中吹掉，沉淀下香醇的啤酒。

3

同样为杯子。有些为生存而设。有些为虚荣而置。

满载月光的比较有白银的优势，与只讨到一滴水珠的杯具

保持隔世的距离。

装满半生黄昏的液体，失去了做酒的权利，沦丧为无用之水。

在苍生的集市里，那些空杯子站在时代的低处，甚至更低，有些找不到站立的位置。仰望雨天，装不到一粒湿润的汉字。

杯子的名字被人遗忘于忘川。

4

一样为杯子，玻璃的自诩透明开放，青瓷的炫耀古董价值，互不为伍；钢质的自赏不锈，不私通满身铜臭的器皿。

至于那些背离主流民意的椰壳竹筒，有谁视作杯子置于宴席之上？

虚构一只杯子，装不了葡萄酿造的美酒，可以进入我的诗里，装下民间的疾苦。跟随一列春运的火车，我的那只杯子，被挤迫得站也站不稳，无法实施对一瓶饮料一滴不漏地装载。

那些坐火车回家的人，是不同写法不同样子的杯子，有的从打开的窗口塞进去，有的从窄小的入口挤进来。做父亲的把幼小的孩子看作名贵的杯子，紧抱怀里，生怕人海的大浪冲撞，严防出现毁灭性的碎裂。

所有这些被别人轻描淡写的杯子，请受我一拜，无论里面装的是甜是苦，是泪是笑，我都视如酒，喝出诗人的情结。

2011. 1. 25

唐诗与新诗的关系

唐诗是唐朝生的，留下古典的胎记。

我却从现代冒出来，穿上词语的新装，无拘无束的叛逆叫声，引起遗少的不安与反感。

彼此是隔世的两个点，受规则限制，用通用的汉语也无法写成一个圆。你有你平仄的底线，押韵是你在汉语里举起的令旗，像一股汹涌澎湃的洪流统领过诗的江湖，而对仗显示出你严谨规范的办事准则。

但我除了以分行体现我的处世，早已丢弃了押韵的拐杖，自由地奔跑。平仄的舞鞋过于细小，约束了我的大脚，穿不下，无法引起我跳舞的兴趣。

你是从传统取出来的长袍。

我是由先锋穿出来的西装。

古色古香的长袍李白穿过、杜甫穿过，李杜穿出了诗人的典范。李杜的后人视作传家之宝，继续穿，招摇过市。但李杜穿过的长袍尽管拧成一根传承之绳，也无法把落水的我救上岸。

我们相背而行，越走相距越远。

我的西装是翻译过来的，是汉语的质地，呈现现代生活的纹理肌肤。我抵制从衣袖缝上两个对子的纽扣，不喜欢眷恋七律钟情绝句的情人。

我和你隔着几个朝代，不能以传统的方式并列在祖国里。我们可以忽略分歧，但无法忽略分别站在不同的地方，形成不同的山峰，相互对峙。

反感你的人在继续，讨厌我的人还在。但不能作为我们互相抵制的词。

放开各自的偏见，我们可以在诗的国度里握手，握出汉语的风韵。

2011. 1. 26

花市众生相

金橘领导的队伍解放了冬天，打下了春天，开进了花市。走在前面的个头高大，有祖先的模样，身上挂满圆圆满满的金色吉祥，一副传统的愿望。

百花以红颜绿衣的装扮列队欢迎，具有春天的特色。

从洛阳派来的牡丹，携带着宫廷的高贵，尽显富丽荣华。

玫瑰躲过查了一夜的冷风，潜入春天的内部，获取到情敌的情报。

桃花从妇道上出走，将隐藏的色相卖给现代才子。

喝着春雨长大的杜鹃，有点似花间派的佳人，向过道上寻花问柳的公子，大胆地裸露盛世的新红颜。

在人民面前不断晃动的菊花，穿着怀旧的黄金甲，从香尽长安的故国回归乡村，成了受冷落的英雄。

最没落的贵族当属水仙，至今把头默默埋下春天的水盆，一点点吐露孤独的清香，但不见一处晚清花容的痕迹。

在整个播放着花市内容的春天，君子兰成了当红的明星，受到淑女追捧，它每一朵花都驻着一个君子，彬彬有礼，容易博取芳心。

而喇叭花，穿上浮夸的喇叭装，猛吹，造成尘土飞扬，引起空气的注意。因为花市拥挤，百花组成的协会宣布：没有喇叭花从政的位置。

花市里没有一篇风景是一样。没有一朵花的穿着相同。

那些端坐花香之上的春光，那些散居在花间的蝴蝶，从头到尾都在金橘传统的操控下，成为嘉宾，审阅这些争奇斗艳的百花，审视这个日新月异的人间。

2011. 1. 31

黄姚的闲语闲意

一

从一千多年前的那个日子栽下，挺拔在广西的旮旯深处，在某个秋天开始变黄，黄成黄姚，长出一个有小桥流水人家的绝世古镇。

历史从清末的宅院内喊出杰出的女画家何香凝，足迹留在1944年黄姚的宝珠观。从乱世中

唤起求索而献身的志士，在战火里

挽留过欧阳予倩，栖居出人间话剧。

粤、桂、湘三省交界的地方，崛起喀斯特熔岩的奇特景观，走读出一座座古版的美丽；出现商业性的车水马龙，至今仍然挖掘出一幅幅被岁月埋没很久的繁荣画卷。

岁月枯荣。

古镇沧桑。

青砖剥落了多少不堪回首的伤痕，一块块流露着

唏嘘嗟叹。

黛瓦凝聚了多少耕云种月的风餐，一片片展现出

皱褶尘积。

在古宅上，画出飞檐；
在深院内，雕出画栋；
在小河里，驻守小船。把岭南浓郁的风格
绘制成一幅幽雅古典的真境。
为今生的古镇选定一座靠山，不再为烟火的明明灭灭而操心。

在玄想里，把黄姚当作娴静的小家碧玉。她懂诗书，知礼乐，在自然中诞生美貌；从民俗里积存良好的习俗。

三月三，生活马上喧哗起来，黄姚加入抢花炮的人群，期望抢到今生的好运。

七月七，洋溢着节日的气氛：从古井里取一瓶心性清净的水，存放起来，让水成为健康的一部分，希望喝出长寿。

七月十四，柚子灯飘过一段河流，泄露了民间一个烧香祀拜鬼神的秘密。漆黑的夜里，无数灯火精灵一样，在水面上闪烁而过。

仿佛喜悦，从黄姚的脸上流露出来。

二

走进黄姚，找到古亭和古榕。

古亭站在石拱桥边眺望日落月升，与十八相送的长亭没有一点关系，但乐意接纳疲惫者的歇息，也不拒绝夏日的乘凉。

此刻，它已经空出一份安静，谁都可以在此歇脚。

石桥一伸腿，跨过两边。弯弯的流水从桥的胯下爬过，怕落叶追上，一拐就弯到了远处。

古榕在一块很大的岩石侧定格，像个老者俯视着岩石的洞穴。

洞穴仿佛一个门口，正在接待来访的溪水，不知是否闯进过小小的鱼虾？

古榕的气根很粗很长，悬空挂着斑驳的岁月。有的弯成一个钩，吊问：

通往天堂的路为什么如此漫长？

脚下的石板街为什么弯弯曲曲、高低不平？

忽然空中爆出一声闷雷，引起鸡鸣狗吠。

只有池塘平静如初，没有吵吵嚷嚷。

入夜，灯笼高挂。戏台上不见戏。

黄姚没有进入梦乡。以一个醒来者的身份不断提醒人们：

穿过一个圆门还有另一个圆门，前进的门等待被打开，目下只是脚步声。而自由之音一直在苍茫的前方！

2011. 2. 11

对雾的惆怅与思索

1

从春天开始，登上梅雨的舞台，把朦胧的哑剧演遍世间。

在空中翻滚，在山谷缭绕，在公路缥缈。

雾统治了一切。

雾的工作，就是模糊人的视线，影响人对事物的观察与认识。

雾里的场景：一切苍茫。

2

是时候，给雾一个恰当的注释：虚无者。

在雾里，虚无弥漫。阳光突然失去身影。我竟未能看到事物的真实，只感觉到雾的湿润的呼吸。

雾从头到尾在务虚，只能湿润群山憔悴的面容，却不能像水那样养活庄稼。

因为雾的缘故，我无法看清事物。雾究竟还要笼罩多久？

因我是愚民？有人喜欢用汉字制造如雾的天书逗我阅读。

3

雾挂的帘后，群山厚着雾色的脸模糊起来。植物忍受着遮蔽。叶子掩盖自己的丑相。一切裹脚布在朦朦胧胧之中被虚化为一场游戏。

阴谋一些，栽赃到雾。

让别人接受雾里观花种树的事实。

入云雾，有被迷惑的幻景；破迷雾，心被真相擦亮。

4

大雾是一种偶然，因雾而盲目才是必然。

人生的路上大雾茫茫。疾驰的车子因冲撞而敲出丧钟，溅起鲜血。

5

情雾障眼，如盲者看不见光明。在错觉里嗅着幸福，却舔着现实的忧伤。

6

自然的雾再大，也有消散的时候。最怕的是人为的迷雾，让我们看不到尽头，往往苍茫在山峰之上，目光之内。

从此对前路有了一种惆怅与思索。

2011. 2. 15

为石头的花朵而担忧

是谁让一种花在石头开出？云浮的蟠龙洞。

石头的心脏输出的血液滋养出石头的花朵。

石头的花朵在喀斯特熔岩已经开了千万年，在这一刻凝固，呈现奇特的美貌。

石头开出纯白的花朵，让人想到雪色想到冰清玉洁。

这种纯白在洞内稀少，在生活里更少。相反，一片黑夜就把生活抹黑了，黑得妖艳，黑得吃惊：黑成一种黑黑的趋势。

这种纯白的花朵在洞内离尘土也越来越近，那些黑点就隐藏在石头的花朵周围，近墨者黑的预言是否将变成现实？

这些从石里开出的白花，不是莲，没有天生出污泥而不染的免疫力，需要人时常清洁。我为此担忧着，担忧那些纯白在生活里消失。

2011. 2. 21

圆规之说

在春天，我背离踏青的传统民意，执着与你组成圆规，确定紧密的依存。

以我作一个支撑点，围绕你画一个圆。

为了一个共同的愿望，互为牵扯，固定关系。

你喜欢我绕着你旋转，旋转成生活中的月亮，拯救你的黑暗。

祈求你别忽视我的支撑，而孤撑在一张白纸上。

独木难成林呀！

我们合起来是一个人。我是人的左腿，你是人的右腿，一起才能走过一圈又一圈艰难。

抛开我，你无法完成一个圆满的计划，只有残缺。

我是你的，我为你支撑的作用不可低估。

我们组成的圆规，已经画成一个足球，有力地弹跳着，前进着，离射向的球门很近很近了……

2011. 3. 7

诗，突然光临到我时刻的准备里

词语藏在词语里。何时出现？怎样才能把握机会捕捉？

没有一道未知的方程式立即有答案。

我经常坐在生活里，思想做好奔流的准备。

当词语和笔在交谈，我可以听到隐秘已久的声音。是悄悄的声音，响欢了我的耳朵。

这时诗的手指从人群里指出了我。我从突然而至的灵感里找到诗。喜悦。拥抱。

一支笔把词语从生活里运回到白纸上，以想象力创造哲学的意境，建构一座座意象的屋子，住上花朵及神的信徒。

诗终于在我心里放开说话，奔涌如水，我只好用笔做的桶迅速装起来，安静放好，让别人慢慢品饮。

2011. 3. 17

石榴渗出的每一滴都是对这个世界的爱

从生长的那一刻起，一棵石榴注定了在很少人光顾的山冈上。尽管没有长到一座山的高度，但饱满的籽结在时光的深处；尽管山冈没有递来雀鸟的啼鸣，但每天依然盼望阳光送来的温暖。

一棵石榴让一片树叶落到山冈，好像一个人把命运交给上帝，等待命名或裁决。

一棵石榴的根与泥土保持紧密的关系，稳扎一些，再深入土层，但不随便扩张四处的欲望。真正的忧虑来自石刃的切割与污水的泡浸。

那些被层层石头挤压得弯曲的树根在大地幽暗的深处，低于番薯的茎，更低于萝卜的根底，每年都读到冬天的严寒与雨水的冷遇。

在有色镜下，一棵石榴结出的果红艳不过桃花的脸，只能裂爆或沉落，只能为山冈谱一曲空旷的微响。

有谁登上山冈，对这棵石榴作一次长久的注视？

一棵石榴叶脉的阳光，高于虚度的一层光阴；

一枝养活鸟语的树枝，高过电杆制造的阴影；

一只丰满的石榴分泌的汁液，甜于蜜蜂的嗓音。

有谁发现裸出流红的玉体，渗出的每一滴都是对这个世界的爱?!

2011.4.28

信任折翅

信任折翅，不足驮起一钱重的叮咛。

不足信任戴上的面具开出花朵的脸。

不足信任日久的谎言贴上魔术的标签，变成真实的风声。

不足信任站在稻田的那个人，分明扎着的稻草想掐灭一串鸟语。

不足信任断线的风筝守着翅膀，背负干净的灵魂升入天堂。

假面的舞者模仿天鹅，舞成暗影。所有的灯盏抗议出足够的光，盯着一滴雨触摸到苍颜的灰。一缕风吹起被质疑的气泡。

曾信任嘴里飞出的辞藻。一夜思索，动摇成破灭的梦幻。

时光流过的物件，不再像夏天的阳光那么灿烂。

别人梦中的呓语，不足相信为歌谣。

相信自己拯救自己，不敢相信滚过天边的响雷炸出一条河流。

我顺从生活说出的真实，被质疑成黑色的口哨。

生活流行欺诈的通病，令拒绝失语的肉体仿佛活在雪地不停打战。

信任折翅，不足驮起一钱重的话儿。

戴上的面具开出花朵的脸，不足信任。

日久的谎言贴上魔术的标签，变成真实的风声。不足信任。

站在稻田的那个人，分明扎着的稻草想掐灭一串鸟语。不足信任。

断线的风筝守着翅膀，背负干净的灵魂升入天堂。不足信任。

2011. 6. 2

不幸：变异的隐身人

某种不幸孕育的结果，社会变异的隐身人。

身上的包袱成了你一生的负重，成了婚姻的障碍。仅在情恋的门口徘徊，很想嗅嗅门内的花香。

隐身于半明半暗的月夜，担心另一端跑出的兔子踩乱了你的心情，忧伤的影子在黑暗里迷失，剩下一张稀薄的空白。

你把隐私遁入体内，留生活在体外。想以一条勃起的大江滋润被岁月吹皱了的肌肤，让爱在潮滑的情感里受精，但一股力量的风把交欢的江面捣碎，只剩下浪的叹息。

朦胧的隐身美，多了一层寂寞的毁灭。

像开在春天的桃花，逃脱不了在秋天落叶的宿命。

2011. 8. 11

叶落大地，每一片都怀有一种疼痛

身陷谷底，面对绝壁，缺少阳光直接的照耀，却从不缺少风吹雨打：一棵无名的野生树，感受着孤零零的生长，落入一把锋利的刀口，就已经伤痕累累。

它用枝丫触摸天空，用落叶拥抱大地，用绿荫庇护蚂蚁，却无法依靠山谷的环境躲避雷电的轰击。它顽强地绿着，让别的草木汗颜得黄下去。

谁能想到它仅靠贫瘠的泥土长成一轮轮坚硬，直立在孤寂的谷底，还能高出远处的树木一寸，还能结出一些丰满的果实，还能招引蝴蝶阅读它的青枝绿叶，还有几朵野花向它暗送芳香。

这棵无名的野生树，没有在大自然感受过鸟的歌唱、风的掌声，却在无助里生长出一片又一片叶子，每一片都有自己的一种印记。当轰然落下大地，每一片都怀有一种疼痛。

2011. 7. 5

双乳峰

题记：贵州省贞丰县的双乳峰，被游客称为世界最大的乳房。

这是怎样的乳房？大得惊人，纯得无邪。

在别人眼中，看到两座青山；在我想象里，获得两座乳峰。

为人类哺育而来的女神，有自己挺拔乳峰的权利。露或者不露，不在于别人的伦理，而在于自己的观念。

在色镜下，这样高耸的乳峰，会挤压出男人世俗的肉欲；只有在诗性的镜头里，这样丰满的乳房，才会滴出甜润的乳汁，迷上爱美的诗人。

回到婴儿的哺乳之中，面对母亲丰满的乳房，我安静得嘴里没有一句词语，乐滋滋地品尝着一点一滴的慈爱。从母亲怀里，首先认识乳房，惊讶了，不敢说出；长大了，不敢写出。

在贞丰，在灰暗的日子里，像月亮一样大的乳房直逼我的双眼，我敢于说出我迷上了，它们独立世间的身姿，在我的唇间跳跃。

2011.7.19

圆规

双腿迈不开步伐，走不成规矩，有为的圆规变无为的细瘦的腰杆，弃于风云变幻的末代。

一副担子，落在身披树皮的铅笔，画出一个模糊的鸡蛋，低于斯文书写的钢笔画出的脑袋；而清高了一辈子的钢笔，又高不过捍卫传统的毛笔。

嘴尖的毛笔像穿长袍的道士，舔吃了一点墨汁种出的汉字，绕着自己的道团团转，不停地问：最圆的月亮在哪？在哪儿？

用一条腿走路的圆规露出规律外的缺陷，无法跑出完善的一圈，像一匹不谙世事的跛脚马，没有理想的奔跑速度抵达不了理想之国。

两根筷子构成的简单方式，是最低级的阶段，只可挟住常识性的生活食物闻闻或充饥，却填不满体制内的处处漏洞。

耀眼的虹，在天上；人间的圆，在梦中。

直通完美的卫星不在月球的轨道上。依靠神态不清的铅笔，听从锈迹斑斑的钢笔，受命稀里哗啦、轻轻一软嘴就吐词的毛笔，打造不出一个完满人间。

打造铁的规矩，建构具有金属品质的圆规，消灭画饼充饥的特色。

有规矩的圆规迈开有规矩的双腿，可以画出纸上的圆，更能走出一条完善的弧线，绕成生活里最美的月亮。

2011. 11. 18

几代人的剪影

祖先甩掉血腥味的烽火，来到背靠大山的一片土地，把昔日中原的村庄作为此地的颜料

涂抹出小桥、流水、人家、祠堂

在抒发农事的情节里，冒起比飘带还长的炊烟

鸡犬相闻的叫声加上兴旺的人丁，煮出一锅只有一个姓氏的田园生活

沸腾了千年

爷爷提着古老的农具，书写传统的庄稼，在那片越来越贫瘠的土地，发表一些稻子、果树、瓜菜

有时一场暴风雨，彻底摧毁爷爷的劳动成果

在白发的故事里滴下一声叹息

让屋里屋外一到夜色，安静出漆黑；油灯只亮出一点晚饭的快活

父亲带着遗留的农具，年年月月守着那片土地

吃不饱的土地所孕育的方言瘦小成豆芽，养不壮父亲竹竿似的腰

跟了父亲一辈子的锄头，只知锄地翻土，加固堤坝，在现代化的进程里成为滞后的句号，创作不出一篇震撼人心的文章

儿子把父亲的一切作为比低处更低的冰点，写上静止符

在暮色降临之际，挣脱时间的链条，合上家门，背上一身阳光，循着城市的脉络，作为此时的出发点

义无反顾地告别喂养了他一生的古井，把表情裱在泪水里，落下地时，无声，只有决绝的姿势

2011.11.24

诗令愚昧的梦在良知中苏醒

诗从“杭育杭育”的号子里喊出来，经穿长袍者的手妙笔生花，惊叹一切渴望美的目光。

岁月嬗变，从风雅颂美容为乐府，从唐诗整形成宋词元曲，然后挣脱平仄押韵的束缚，打破词牌的枷锁，活出自由奔放的躯体，让有理想的人当成秀色可餐。

但诗不及一块银元重，买不到一碗酒喝；不及石头雕成的狮子威风凛凛。

诗不是粮食，养不了家；只可养心。挑不起诗人的命运。

诗无法让石头变成金子，却令愚昧的梦在良知中苏醒。

2011. 12. 26

九寨沟风光写意（组章）

长海的蓝

长海的一杯蓝，被秋天托举，端给慕名而来的游人。

秋风一改肃杀的本性，温顺如羊，轻轻舔着一个蓝得娇柔无力的身姿，渡时光跃进了九寨沟。

蓝可以贮存长海，更可以装满一个杯子；覆盖于上的那一层薄如蝉翼，美得如此纯净，可以渲染成一大片无与伦比的水晶。

一揭开，就是蔚蓝的秋天流进我的眸子里。

见过天空的蓝，像一道闪电的炫耀，疾掠入眼帘成奇景。但长海的蓝更特别，给了我前所未有的晶与光交媾的体验、酒与色的融汇审视，如舒心悦目的电影喂饱了我的双眸，使我乐之蹈之而忘形。

期待那一片碧蓝停止流动，以蚂蚁的速度进入梦境，溢出宁静，意味深长。

如此晶莹剔透，比一面光洁的镜面更可观，让我不忍触及。

要是我的心胸如长海这样纯蓝，就能盛下任何方式的翱翔；要是我的灵魂如长海这般洁净，不必再漂泊，直抵天堂。

天空的一块蓝拥抱着长海的一块蓝，像一个人喜欢另一个人，同举一个杯，轻轻一晃就溢出爱，喝出高原的滋味。

长海非海，一张宽阔的深蓝床，铺开柔软的绸缎。走着，走着，我就被躺在上面的幸福扯住了。

长海的这杯蓝，如果没有九寨沟作支撑，会孤立无援；没有波光树影泡浸，它的蓝不够纯度；没有山色芳草点缀，它的美会显得单一。

因为有了秀水波光、一草一木支持呼应，九寨沟可以把长海喝成一杯蓝色。

长海是大自然谱写的一曲藏歌，此刻经秋风唱出，充满美的声音，回荡高原之畅想。

天堂，向往的地方

1

听说过天堂，没见过天堂的样子。

绣在四川的九寨沟，远离喧嚣，以远处的雪山做背景，以茂盛的森林作衬托，以碧绿的草甸来渲染，以各色的野花当打扮，在五彩池中洗浴出无与伦比的容颜。

亦梦亦幻亦仙境。是含蓝绿量最纯的地方，圣洁到添一缕烟尘要失真，删一片海子要失色。是冬天镌刻的雕塑，连雪花也无法更改它的安静。

这就是天堂吗？

2

终于忙完一切，放下被生活的烟火一熏再熏的烦恼，在一部风光片里神游九个寨子，把人间最美的滋味慢慢咀嚼。

在都市，我一生都没有琢磨透的污浊，却无法抵达九寨沟，源自佛光的照耀与圣水的淘洗。

我能坚持热爱生活，相信美好，心随自然，是因有一个地方日夜萦回心头，历尽风霜后，依然为我留着干净的怀抱。

让我一生向往，希望像一朵洁白的雪花站在树梢，俯视着长海的那片蓝色的幸福；希望像草尖上的那滴露珠，脱胎换骨成一种音乐，奏响五彩池。

3

九寨沟，十分令人遐想的地方，我一生都想去，感受神秘的气息。写到它，深陷在它的景色而无法自拔。

心，能丢下一切，就是丢不下这个天堂，生或死，眼睛忍不住朝这个远方眺望一下。

镜海，照出童话世界

不是海，是一面镜，镶嵌在九寨沟，被时光擦拭出一尘不染，照出童话世界。

镜中浮现的像影绿得没有犹豫，蓝出的韵致尽善尽美。像明亮的眼睛没有浊污的忧郁，对生活的凡尘琐事看得一清二楚。

这一面高度清晰的镜，是九个寨子的水洗净的，心里阴暗的人最怕照看它，因之连假装的样子也能照见。

这样的镜谁敢说虚无含糊？不管有没有阳光温润，一直闪亮下去。

活在人间，内心需要一面明镜高悬，在不起眼的角落都能照见藏污纳垢；内心也需要蓝得透明的海，即使风往冷里吹，雪往暗中送，始终涌动着单纯的波光。

这面镜海，让风摇荡出很多活泼的山色光影，看到的人，忍不住说出颂词。

风吹着，触动了树。而树站成一堆堆，守着镜海，深陷其中，静静等待佛光神秘的沐浴。

2012. 1. 19

大雨引出的诉说

大雨从天而降，洗涤出一个春天。

掩饰不住对土地的一片深情，喜极而泣。

大雨热爱一座城市，抚遍那些高楼矮草，喊出一匹畅快淋漓的奔流。

大雨掩埋了月亮的影子，引出青蛙黑夜的倾诉。

大雨抱住一个沉睡者，喊醒一个心惊肉跳的梦。

大雨填满了一条泥路，致使一辆不知深浅的车子不幸陷入坑洼。

大山有了大雨爱抚的感应后，孕育出清澈的溪流，跃动出每一张嫩绿的脸。

六十年代的一场大雨，持续地刮遍大江南北，打痛了思想的记忆。

大雨以轰轰烈烈的规模摧枯拉朽之势，把辽阔的大地汪洋成乱腾的泽国，溺毙无数生灵。

至今滂沱的雨声仍然梦里萦回。

没有谁不欢呼大雨对一座污浊已久的城市的清洗，要求城市干干净净，是每个人的愿望。

怕就怕，以大雨的名义声势浩大地清扫城市时，一方面清洁每条街道，另一方面与暗沟抱成一团，同流合污，漫漶成灾。

为此，不管大雨怎么下，每一滴都那么透明，才是心灵的想法。

2012. 3. 16

做一棵树，移植襄阳

做一棵树，移植襄阳。但不能移植市区中心，那儿排满长龙的车子站满高大的楼宇，即使像一根针那样插在街中央，也难弯下腰去。

那儿的深夜睡遍居民的甜梦，鼾声不想被一片落叶打成沉默。

移植荟园，长在湖边，等待蓝天滴下一滴宁静，丢下一朵白云擦拭一面水镜。待到时光拎走最后那片雪花，一棵树轻松地穿上春装，展露苍翠欲滴的容颜，传播三月的温暖给那些加深了古色古香的亭阁。用春光映照，一副绿水悠然的表情。

移植汉江边，在夏天到来之前，长满一大片浓荫，为江边垂钓的人撑成一把绿伞，遮挡太阳泼下滚烫的阳光。为了江堤不被噪音扰乱，一棵坚守在江边的树，甘愿保持孤独的安静。

移植襄阳的路旁，与一棵、二棵、三棵站成一排，构建绿色的风景，加固井然的秩序，接受散步者的检阅。检阅每一寸成长是否符合绿化的准则，检阅每一片绿叶是否暗藏蛀虫，检阅每一条枝丫是否横七竖八遇上大风，也要站立得堂堂正正；遇上暴雨，也不要放弃花香。以结出的果实实现一棵树在襄阳的价值。

实在找不出理想的地方植下一棵树，选择种在山冈。不要自恃高大而藐视低矮的小草与卑微的蚂蚁，不要强占生存空间而挤逼别的树木，即使做不了栋梁的梦，能做成襄阳的一张椅子也是好的。

2012. 5. 12

多宝佛塔，瘦剩干净的塔身

襄阳之西，广德寺的香烟缭绕着禅声。

多宝佛塔披着一袭袈裟，打坐在几棵树的沉默中。

时光漫过来，佛在，肉身不在。

莲花宝顶之上溢满莲花的香气，佛光亮在高空，将一颗远道而来的心渡过初夏的昏热。

寻遍宝塔，找不到一声诵经，发现一朵白云居住在时空，无欲无求。停靠着一艘蓝色的宁静。

春暖一过，夏热了，热出汗，瘦剩干净的塔身。

但烈日已灼心，烧灼得片片树叶萎垂下去。

一切树木失重于红尘滚滚的大地，根伸隐在沉积腐息气味的泥土里。

热风热不起一股信仰，已经热出树木干渴的忧虑。

多宝佛塔供奉着48尊佛。

心中有佛，慈善天下，一尊足矣。

2012. 5. 13

无根的浮萍

孕育故乡的池塘，注满污泥浊水。

乘着一场大雨形成的潮流，飘出大面积淤黑的池塘。

流浪祖国的江河，像一叶小艇又扎进湖泊，穿过波翻浪吞的水层，耗尽力气，搁浅在一个工地的水洼里，被阳光烤成一朵云，摁在太阳盖下的印章。

靠一串又一串汗水付出，才逃离工地的水洼，摆脱污浊的纠缠，可惜又陷入另一片不清澈的水域。

吃尽每晚打桩机的噪音，凭早晨的露珠才滋润开干涸了一宿的梦。

在漂浮的每个日子里，缺乏养料，生长缓慢。

除了风侵雨欺，还被野蛮采摘，喂给那些豪猪。

数不清的汗水泪水可以凝成几个年轮的无声喟叹：

无根，才是注定漂浮的痛。

耗光了所有的汗水与血泪，就无法漂回云牵梦萦的故乡。

2012. 5. 17

瓮安，一个名词活在贵州

瓮安，活成一个名词，写入贵州省的版图，被我看作一个强悍的男人。年轻时，参加红军，在江界河强渡天险，赢得英勇奋战的口碑。

穿越历史烽烟，瓮安从死神那里索回一条活路，如今顺着战斗遗址行走，回忆或再次聆听“抢渡乌江”的水急浪声。

把一个名字看成生命的鲜血，一种不易改变的颜色，印染在善于搏风抗雨的旗帜上。当瓮安老成满脸皱纹，守着风霜过后的日子，平平淡淡安定下来，看小鸟低飞地啁啾，不变的是从前的声音，而心保留着一片青草的嫩绿。

看一代新人不用“南河天梯”，徒手爬岩，穿洞河瀑布，漂流峡谷，在一个浪头托举的另一个浪头上笑逐颜开。

瓮安，极不容易地撕掉夜幕的遮蔽，正在露出银白的晨光。经过秋风一遍遍洗礼，一身干净，有着露珠一样的凉快，面对冬天不断加深上百吨的寒意，瓮安，依然有着一颗夏天的心，对生活火热得一点也不冷漠，比刚从立春蒸出的一笼阳光还温暖。

2012. 5. 20

金川加上美的元素

将生活译成阳光，生活就有温暖。

金川加上美的元素，在菩萨的微笑下展开一卷风姿的景色。

缺了水，金川会枯竭在干渴里；加上经筒摇绿的海子，足以编织成一股股清流流活整个藏寨。

加上一挂音响的瀑布，嘎达山跳跃出一个源远流长的神话，荡漾着嘉绒儿女波光一样的唯美姿态。

加上一季秋风，梳理憋不住要离开枝头的残叶，在季节的门口等候满树的花蕾。

加上一种锅庄，让马奈在独特的曲调里跳起藏族之舞，优雅的舞韵在一个圈子里沿女人的笑脸穿梭。

加上一只牛皮船，漂流在溢满传说的花海，重温一段东女国的遗风，古典的情怀在金川的留传地表达出感性的痕迹。

加上神武的碉王，金川可以找到一支古老巨笔的借口，写出一页充满硝烟的战争史。

加上全部梨花，不用江南的烟雨，足可以漂白金川的今天和明天，令多少人苦苦追逐的纯白，在山山岭岭的容颜里笑开。

加上广法寺的福音，缭绕的青烟里闪出的一把信仰的藏刀，开辟出佛光照耀的来路。

金川啊！加上一个冬天的大雪，处在肃杀的寒冷下，依然有足够的篝火烘暖每一天的生活。

2012. 5. 25

碧色寨，民国汽笛之忆

1910 年的火车喘着黑色烟气，在滇南的窄轨上奔跑。蒙自的碧色寨哼出第一声汽笛，一个站名从民国的嘴里说开了。

1921 年的脸色灰暗，匍匐天空的浮云陷入风暴的骚动。

十余户的寨子迅速喷薄钢轨的光芒，等候人流聚集车马换装。

弹丸之地的冷寂，经一夜雷声渲染，成空前的热闹。石头的寨子不再抱着石头入睡，而与繁华同眠。

淘金的商贾在碧色寨驻足停歇，开店建馆，一派民国的打扮及气味。

洋行的符号一夜之间贴满碧色寨，贴成商业重镇；水火灯点亮了外国冒险家对民国贪婪而笑的嘴脸。

解开缠脚的裹布，碧色寨在民国之初踩出的脚印，在一册滇越铁路史里收藏，至今清楚可见。

2012. 6. 16

夜与月

夜不小心孕育了月亮。

月亮被天空磨亮，闪出一把弯刀之光。砍出乌云影影绰绰的漏洞，让夜淤积了一层层阴影，变暗的忧伤。

一只最圆最亮的慧眼看穿了大地的黑暗，却见一排排树木站出遮挡。

黑暗已经漫延每个角落。怎样才能掐灭黑暗的生长？

看见信仰塌陷的一刻，往昔清澈的一口古井也塌陷，浊水四溢。

惹来雷击电闪。

用最黑的手段封住月亮的锋芒。月亮沉默成哑巴，怎样挣扎也摆脱不了夜的控制。

用最黑的手段劈中月亮。已经裂开的伤口呈现黑色的表情。

以多少吨光明才能治愈黑暗中的伤口？

夜的绳子将月亮悬空吊挂着。

千百年来，吊而生辉，亮而不灭；吊挂出一生的孤傲，俯视世间。

2012·6·28

秋天：修正喑哑

秋天把一部分赤的颜料泼在枫树上，没有惊掉泊在枝上的一根羽毛，却闹红了叶的革命。

秋天把一股风放牧在碧青的湖上，留下一串波纹的足迹。

我的目光窃测到渐凉的私语。

中午时分，天空是秋天的漏斗，一块早已失去高温的阳光漏下到湖里的水草，低烧出几小片绿意。

白云轻浮得没有一克重量，缭绕在漏斗内，风怎么吹也吹不出白云跌落的声音。

遭受太多雷打电鞭的天空不再空空荡荡，修正喑哑，把一个阴风冷雨的秘密泄露给天下的目光。

2012. 9. 7

河涌的诗意

一根线在地里绕来绕去，绕成河涌，瞬间流走荡漾的时光。

一排树打坐在河涌边，用叶子画黄了秋天，等待知时节的好鸟唱出热闹的小曲。

当中一棵树的枝丫伸成手的姿势，抚慰秋色，一不小心触到流水，有哗啦的响声，有玉的体温。

落叶在漂流中把优美的面孔翻阅来翻阅去
拒绝做水下的隐逸者。
湿地不顾阳光打出一闪一闪的规劝
固执地打开所有的虫鸣，对抗树林安谧的质感。

一条河涌在地里拐来拐去，盘成蛇状，毫无顾忌地吐出十里水声。

以一面镜子的方式，映照出月亮是最大的一个酒杯，盛满夜的天籁。

2012. 9. 25

失去的已经失去

我打开生活，发现涂上厚厚的物质油彩。
失去的已经失去。未失的迷惘飘浮。
苦瓜结在藤蔓，已经失去棚架的支撑，倒下，苦中有苦。
葫芦从最上层的棚顶被摘下，失去光鲜，装一壶悲凉的黄昏。
僧人失去经书，木鱼已经喑哑。
蚌失去活性，被掏空，剩下躯壳。
看见自己写的诗未失去与纸的相依，眼溢泪水。

2012. 10. 15

学会忍受冷言冷语

一把伞，学会忍受冷言冷语。

撑起，承受湿淋淋的打击。

一把伞，平常被搁置一边，默然着，偶然被人瞟两眼；

下雨时，才被人想起，撑开，遮挡雨水匆匆的脚步，避免最意冷的一滴挪进干爽的衣服里。

一把伞，学会忍受阳光火辣辣的逼视。

忍受了阳光踩在伞面的重量，就能熬过一缕阳光踮起脚尖在伞上舞动的艰辛。

一把伞，看到了纷纷落叶，忍受着冬天的苍凉，撑起来，想抵抗雨的侵袭，却遭合污的风打翻在地。

一把伞，被别人当工具，为别人支撑了一辈子，落得伤痕累累，把光鲜的面容沧桑成一道道皴褶。

同伞不同柄，就有不同的命运，就像我一样撑成伞，极力忍受内心的伤悲。

2013. 12. 20

短 章

1

种得太满，没有生长的空间；留下余地，让一朵花插入，我们可以闻到一缕挨着一缕的芳香。

2

要舞，就当空舞，在时光洞察得了和阳光照得见的地方，恣肆地飞舞，不怕谁窥见内心的苍白。不喜欢披着夜色，隐没在埋名的山洞。

要白，就大白于天下，像花朵一样地开，表明每一片都是洁白的。在人世间，温柔得满怀男人的体温。

即使碎了，也敢于在树尖上行走；即使化了，用最后一滴湿润，洒在江里。

3

鸡毛在风的推举中迅速成为利箭，攀上高远的天空。被它俯射的一段时光，在一棵树梢坠成冰凌，抱住枝丫仍在颤抖。

高处不胜寒。鸡毛顺从了天空严寒的专制，在所有的利箭中，成为最重要的一支，随时准备射向异常的目标。

这个冬天，在表面温和的雪光里，成冰的鸡毛给人致命的冷。

现在树木都冷得不知冷了。

4

你的一句话、一种变异，经冷冷的铁石磨成锋利的刀子，把我的心切碎了，把我与你切离了很久很久。

我忍着泪，忍着伤痛，想把你从我的心里剔除去，不留一点血缘，却非常艰难。

这就像羊被拔去了毛还留着皮肉，树倒在地上还有根缠抓着泥土；又像藕断了，丝还连着。

不能等待生命仅剩下两具失去意义的空壳，再用剔出的尸骨，由后辈缝补我和你分裂的关系。

我们现在该坐下来，好好商量，该用什么弥补一切过错？

5

不是所有的邻居都会露出友善的笑脸。

不是所有的邻居都无一点贪婪的野心。

当你的家有那么多花香，银光闪闪，门外的树林与草丛隐藏着偷窥的眼睛。说不定邻居就是盗贼，带着从梦中过来的胆色，似风瞬间刮到门前，取走一小片月光。

你视而不见。

你视而不见，一路转弯，转到室内的床上呼呼而睡。盗贼不用隐身，带着用欲望打造的刀子，似风瞬间吹到墙外，砍去伸出的一小枝石榴。

你听声而不语。

你听声而不语，猫也动了念头，似风瞬间翻过院墙，偷走一小片鱼肉。

此时，没有门外磨刀霍霍的忧患，还坚持肯定是一个童话世界，那么，离破财成灾的日子会越来越近

一个没有警惕的人，过于沉迷烂漫的光阴过于相信风雨的和谐，是枕着阴影梦着月光，亏在看不见别人刀尖上的敌意。

6

雪被风吹软吹凉，一小片接一小片飞，在世间活出清白，魂散，亦圣洁。落到地上也不会成为对抗大寒的武器，只是画白了喘着冷气的时光。

尽管千百次遭受冬天的冷遇，我也不会将一片雪攥出哭；视雪如棉，在手心攥出暖来。

在这个冬天，我极力剔除内心的黑暗，被一把美好的雪抚醒，迷恋自己雪白的姓氏，提一盏晨光，准备迎接汩汩而来的呼暖的春水……

7

久久不磨的刀已生锈，亮不出锋利的寒光。

模糊的血肉叼在狼嘴。

腐儒们守着八旗这个词，梦回清朝，在宫廷放歌，让这个已死的词，掩盖圆明园几根断骨的记忆。

错过把每一天每一分活成警惕的鹰：紧盯着辽阔的天空。

我由此确信：那些鸽子没有鹰的追捕乌云的思想，找到支撑骨头的理论，仅够打开空间窄小的门，直不起酸楚的腰。

今晚，应该借夜空亮出月光，点明诞生中庸之道的故乡，在狼的面前，千万别把自己的拳头攥出哭来。

2013.1.20

树叶，被一只鸟嬉戏

为风所咬落的树叶，被一只鸟嬉戏。

一片树林在回收一条前人开出的路条。

一只鸟在江上啄起一滴水。

喊出翅膀，丈量一条船与自己的距离。

行走中的一条船，搬开左边的一朵朵浪花，移动右面的一排排树影，一头犁进荒寞的黄昏里。

再昂首，顶起披满赤色铠甲的落日。

2013. 2. 5

照样的结果

擦去橡皮的躯壳，照样谎言活着，像时装一样流行人间。

当言论构成思想的锐器，照样有拆卸的力量逼视你的目光，令你感叹出无法抑制的伤悲。

当你嘴里所含的黄连溢出悲苦的滋味，总有黑夜负压而下，逼你低头。

但在你心里，照样保持一头雄狮行走于天下。

不相信词语的工具，可以拧断铁性的崭新的刺。

生活中的每根刺足够尖利，任何疏漏，会遇刺流血。

不管是从玫瑰长出，还是竹尖装扮，照样一刺要命。

我不是扎在刺尖上的沉默，而是刺尖上的一颗露珠，滴下，掷地有声，说出血的滋味。

让照样迷恋玫瑰芬芳的蝴蝶顿悟阅读的警觉。

除非大海没有孕育风暴的子宫，否则，看似柔弱的风呀！照样在海面上推波助澜，像突兀的山峰逼到你的额头。

不管你是否这么想，海浪照样是风暴的傀儡，时刻都在猎杀在命运里失去动力的船只。

割去我们头顶的藤蔓，心里照样生长茂密的草木。

变成言论，一字一句，在柔弱中壮大为铺天盖地的绿荫，希望重新获得合法的生存逻辑。

2013. 2. 17

偏僻乡村的滋味

到偏远的乡村，看到一片黄色的硬土匍匐着零乱的薯藤，不见冒出一根瘦小的番薯。

我想知道番薯在黄土的活法，挖开，番薯又瘦又弯。我也不敢咬一口，怕尝出另一番滋味。

深入下去，到了最下层，我触摸到一生都无法抛头露脸的草根，挖出，抚摸，擦净，咬一咬，嚼一嚼：苦进心去！

别的草根继续活在泥土深处。

不怕有人说出草根难啃，就怕没人敢说出草根的苦涩。

2013. 1. 7

支撑住，才能坚持下去

当命运被撞破的时候，难以遏制的悲伤从心灵涌出。

黑暗笼罩漫长的跋涉，看不到尚未展露的黎明。

靠什么支撑弱不禁风的躯体，才把悲伤控制成泪，一点一滴噙在眼里？用泪光照耀生活场景。

靠着树，我有了支撑。像泛着青绿的一片叶子，靠着枝丫生长、依偎。

抬头见，一朵云靠天空漂白出花的容颜，坚持太阳给予的光泽，远离污染的尘埃。

困难时刻，我靠着亲友，想一摸再摸他们从早到晚温暖的手：

“果子的负担坠弯了枝头，是枝头的支撑让它成熟下去。”

2013. 3. 6

宽　恕

突然来临的马蹄在草原上踩踏出深深的伤害。

这一片草，留下蹄状的疤痕。

三月，一帖可以疗伤的雨水，湿敷在这一片草的伤口处，肿痛慢慢消失。

草原上，这一片草：

在春风的触摸中，摆动着鲜嫩的青绿，容得下那头小羊的叫声或者奔跑。

当那匹马再次跑来，沾满了草原的花香。

这一片草弓背站起来，将颤抖的忧虑还给草原的宁静，容下嘚嘚嘚的蹄声。

但根底没有一点的痛感。

2013. 3. 8

涉及复杂的问题

——题徐俊国油画《下一个就是我了》

网状的社会一圈圈交织在身后，存隐复杂的生活。

这么大的世界，有人利用时间的疏漏，想掏空屋子。

漏洞形成的漩涡吞没了健康的人体，而蓄谋已久的风暴在远方翻卷。这诡异的天气不由让我瞪圆目光冥思，世界在矛盾中纠结。

问题众多，一个个在我的思想里打转转：

一盏看似严密的灯笼，为什么会走漏了火光？莫非经历了五千年的文化深层，仍然有不为人知的黑洞？

历史已经远去，但陈迹可寻，天地之间最大的问题是人类的反骨，土地瓜分的势力正在密谋中……日夜被身后无数的漩涡搅动。

时间形成沙漏的形状，缓慢的时光漏下粒状的疼痛。

下一个就是我了！我的手举起的同时，藏扎在辫子里的秘密，将会解开。

2013. 3. 16

不正之风

“臭草在幻觉的昏天被吹刮出致醉的花香，身披马甲的样子，从尘封的故纸堆里找到踪迹。”

祖籍不是海洋，与大自然保持冷距离。由遥远繁衍到今，令人唏嘘不已。

它没有物体的形状，却可以触觉到异常的肌肤；它没有黄金的重量，但能把铁石的心肠吹成柔软的柳絮。

像一声雷，影响到九百六十万平方公里，在它念过咒语的地方，翻滚起乌烟瘴气的沙尘暴。

孕育于各个领域阶层，混杂在各种人群里。在它出没之处，邪气上升，悲伤诞生。让它扫视过的人呀，眼歪心暗。

在歪眼里，黑白已经颠倒；在心暗里，灵魂失去了光明的依附。

越过了历史的城墙，从生活的场景走出的人说：“在肉体与灵魂相遇的瞬间，在它一吹再吹之下，我几乎站不住，差点被吹下深渊。它就是一股巨大无形的风呀，沾满了乌云的颜色。我担心它所到之处无限地吹刮。”

2013. 3. 31

雷响的日子终于来了

没有阳光，有月色，那是夜。

夜里，最明亮的月亮常常是一言不发，淡化每一时刻。

翻遍生活这部词典，找到“风吹草动”的词语，但草只在风吹时动了一下，就被无声的时间踏哑了。

风只是微微吹起，踮着的脚尖在枝叶上跳一跳，踩不疼树的心。

对大地有感触，风最多打一个喷嚏。

夜的消声器射出的子弹，将呼呼叫着的风打得寂然无语。

养出狼性的大地万籁俱静，患上了喑哑症。

此时的大地没有狼踪，期望狼嗥一声，咬痛或咬醒麻木的灵魂，只能是一厢情愿。

夜滋生的黑暗漫延了五千年，无声的电影放映过一代又一代，启蒙出什么影像？

在漫长的岁月中，水声、风声、雨声、生命之声混合在一起，但谁能发出更自由的声音？谁又可以呼吸到自由的空气和聆听到世间自由的声音？

这迷茫的天空，沉迷灯红酒绿的夜晚，茫然地吐不出星光，但潜伏着万钧的雷。

雷在出现之前是压抑的痛苦记忆，天地之间是黑黑的投影。雨首先闯进江河汹涌的血液间，掀起一场天翻地覆的嬗变，然后一种穿流的声息隐隐地从远方传来。——那是雷。

雷响的日子终于来了。

雷正铆足了劲，大声地开口说话。

不在梦里，而在现实中，我们终于听到了对黑暗不满的咆哮；走在河边，有机会听到自由自在的哗啦啦的流水声。

心里有些振奋，凉了大半生的心情，此刻在回暖。

2013. 5. 28

流的汗水越多，得到的荫凉越少

六月，烈日在南粤煮出热腾腾的阳光。

而我在阳光下游走，抄一只只被阳光擦得锃亮的电表。

汗水像几滴叹息，从我身上掉到街上。

我认识这些汗水，它们来自我的体内，把我的衬衣当停泊的湿地，不断扩张着它们的影响。

我刚擦去几滴汗，又被冒出的汗集结在我身体，构成小小的水沟，隐忍在辛劳的背后。

在夏天，流汗的身体被烈日蒸成黄铜色，不流汗的身体在室内消磨时间。

在阳光下流的汗水越多，得到的荫凉越少；不流汗的，可以永久统治流汗的领地。

有谁能够打破这世界性的宿命？

2013. 6. 4

土地的警告

土地是什么？你踩踏他一辈子，他顺意躺成一块毯子，不喊一声痛；你天天扔垃圾，他日日承担起来，不说一声重。

可惜，我们把土地当成能伸能屈的哑巴。

我们没有把一片土地爱成自己的身体，没有把长出的庄稼用严格的标准检验，违背土地意愿，悄悄地让化工厂的污水流入土地的心脏，悄悄地让重金属的元素潜进长满粮食的田野，悄悄地让数千吨镉超标的大米拉进酒厂酿酒……

我们似乎若无其事，照样在吃里嚼，在玩中乐，看着良莠混杂的事物在土地生长，忽视危害的毒素在生活中如影相随。

是的，我们活在好日子中，不用担心土地下的冷暖；但我们把土地的污染只是作为茶余饭后的一种唠叨，地狱在土地下会等着我们。

2013. 6. 15

过中秋节（组章）

备好一盒月饼，选择家乡端州的。让苹果在月光的泡浸里慢慢泄出清香来。然后招呼亲人围坐一起，组成一个团圆，把欢声笑语摄进亲情里。

要把一个月光的温暖，送给哥嫂；要把一个良好的祝福，送给侄女；要把一片父亲的关爱，给予女儿。和妻子靠在一起，同享一回月光的美浴。

要将一张闪亮在黑暗里的白脸传神地写出来。要将一把发光的传统乐器奏出秋声。要将月亮放进中秋里浸泡到三更，让她柔软无力，除了洁白，没有任何斑点，要说出光是她的容颜，白是她的肤色。

在中秋，我能理解月亮是一个佳节的宠儿，到了农历八月十五，我就把她当月饼吃掉，只剩思念在心里悬挂。

中秋节：写给海峡两岸

海峡两岸同属中华文化，共享一个月亮，共用一个中秋节，但为什么那个愿望至今未能圆满？

一只海鸥可以衔着喜悦从此岸飞到彼岸，一个月亮可以腆圆肚子漫过海峡，承载着亲情的重量，用五千年不变的方法，照亮中秋。但为什么我仅看见她半边，你只看见她半边？

一个月亮的阴缺，映照出整个海峡的悲伤。

期望有雄才大略的智者出现，大胆将愿望盈满在一个盛大的版图上，成为人间的月亮。

八月十五赏月

妹妹，哥哥今晚独坐楼顶上，看见月亮张开白嘴，啃端州的夜。这是我想念的月饼，曾是李白诗里的霜，但现在它是块硬币，被街上的乞讨者拿在手里，敲打过往者的灵魂：苦寂的光阴什么时候才真正圆满?

妹妹，今晚的天空很洁白，月很圆。但我心里的月暗缺了一半，留下一张空白，直到写上你的名字，那片洒着泪水的思念才在心里圆亮起来。

2013. 7. 13

光暗的较量

白天剖开楼宇的暗，取出一窝窝的阳光。

月与夜同住天的庭院，但不同屋，拨开天门，挺着圆肚的月穿过那道云墙，将一盏灯置于空中，取消黑暗的影子。

夜孵化着一只圆蛋，明晃晃的光在蛋壳里闪动。

云衣千层暗，蒙不住众生雪亮的眼睛。

秋风扫出月光清凉的响声。

路灯照出我身上的暗物，抛弃或留下，思想孕育的光，一窝窝闯进脑海，与黑暗争斗。

浪费了三更的光阴，却破解了夜的隐秘，把暗藏于夜的东西，揭露于月光下。

让搜寻的灯更亮，使暗影无处可逃。

2013. 7. 27

四季轮回

1

春一转身成夏，用阳光烧沸一湖水的证据，保持对生活的热度。

不以化茧成蝶的信仰煽动平静的日子。

找寻清风，把浊心洗净。

2

夏一转身成秋，躁动的阳光冷静为清凉的时光。

一棵站在空旷处的树，看到一片片叶子渐渐走远，孤身也坦然。

秋声响起，借一股风，吹走悲怆。

3

秋一转身成冬，草的色彩失去时，流水的语言想要表达的，成冰。

天地冷漠。隔着冰川，你触摸不到我的暖心，不代表我对事物心灰意冷。

清晨，以雪洗心，停止抱怨，我就是恋着这片土地的温泉。

4

冬一转身成春，暖为一套纯棉，穿在草原身上，盖住寒冷的光芒。

让幸福绿成草的色彩，延伸到生活——

溢出最大的芳香！

2013. 8. 6

满足与辜负的形式

夜晚满足了月光在河流的沐浴，却辜负了对阳光不遮蔽的承诺

满足了繁星的流彩，却辜负了一片祥云的绵绵套白

时节满足了秋风参与打扫大地的请求，却辜负了菊花提香绽放的议案

满足了好雨潜入深院润物，却辜负了那一片翻过炎夏的秋色

雪满足了冰在一个山谷同眠共枕，却辜负了与一只苍鹰邂逅的爱意

满足了为一座高山素颜的美化，却辜负了一株小草在苦寂中一点点冒尖

夜晚辜负了对阳光不遮蔽的承诺，却满足了月光在河流的沐浴

辜负了一片祥云的绵绵套白，却满足了繁星的流彩

时节辜负了菊花提香绽放的议案，却满足了秋风参与打扫大地的请求

辜负了那一片翻过炎夏的秋色，却满足了好雨潜入深院润物

雪辜负了与一只苍鹰邂逅的爱意，却满足了冰在一个山谷同眠共枕

辜负了一株小草在苦寂中一点点冒尖，却满足了为一座高山素颜的美化

2013. 8. 8

盘算·算计·暗算

从旧日子过来的算盘珠子，盘算起今日的生活，打出一串啪啦啦响的数据。

但又有几人珍惜，说起它的贡献?

一架座钟以分针与时针，盘算着时间的长短与快慢，给滞后的脚步发出针刺的嗡嘤。

不用盘算。

一匹风跑起来，肯定快过被岁月逐一擦去的事物。偶然改向，减慢，不知深浅地闯进寒冬，结痂为冰雪。

一株草算出一把风刀的短处，藏在一张盛大的雪被下，躲过一场浩劫，复活在连天碧的春天。

有人拿欲望的尺子量度着制度的漏洞，让心钻入，仿佛天空连闪电也敢吞下。

一颗心在算计另一颗心时，用一把隐藏得很深的阴谋刺去，制造不见血的伤口。

扛旗帜走在前头的人，往往被背后的影子暗算，倒在离光明不远的黑暗处。

当暗算不再是人类的主题，擦去所有的痕迹，生活才露出善良的本色，落往人间的佛光，有着星辰的亮度。

2013. 8. 15

河：富有的样子

河富有是什么样子的？

拥有宽阔的流域，拥有大小鱼虾。在水面摆满长龙阵的船只，供闻讯而来的鸟观赏。

天天汇入一条条支流，又天天消费一道道水。

一个转身，泛起的水漂，是银光闪闪的面孔。

2013. 3. 20

山为自己制造了一个高峰

山站在高原，为自己制造了一个高峰，一碰天就蓝。

做一个梦，睡到雪的梦里，被夜色淹没……

一块坚冰，冻不坏他的身骨，却被一声风吼惊醒，抖落他身上的雪衣。

山依然站在高原，身上的雪衣被风舞动得很美。

被阳光一点着，就雪亮。

2013. 8. 20

历 史

像河从遥远流来。

覆过阳光的漩涡在暗涌中释放浮木。

被截断的木船归于沉寂，想渡走青铜的光芒为时已晚。

顺流了一段，是千年；扭曲了一段，又是千年；沉浮着一堆堆人物和一册册记录，已经三千年。

流成另一条河：

有一个日子将沉下去，有一个月亮将浮上来。

是河，终究会弄出一些风浪，不会是安睡的姿势。

2013. 8. 31

失去了，才懂得珍惜

是我相中这棵枇杷，种在门前。

年年月月，它绿活了我小院的气氛。

它长得很慢很慢，用了二十年的时光，才高大起来，撑起一片天。

它吸取的很少很少，紧攥着那把瘦土，舍不得花去一分一厘。

站在门前，它为我挡风遮雨，宁肯被苦难岁月摘去叶子；炎炎夏天，它甘愿被阳光曝晒，也为我铺开一大片浓荫。

在外工作累了，受气了。回家，我就会靠在它身上，释放所有的气息。

它沉默地面对我的唠唠叨叨。

它被别人点火烧过一次，砍过一次，在死亡的阴影里又复活过来。

它用所有的叶子装饰了我的小院，而我却埋怨它——

埋怨它的叶子洒满地，影响门前的环境。

特别是，在艰辛的结果过程，它卖力地向我提供一只只枇杷，而我还是责怪它

责怪它的果实甜里带酸。

它没被美丽挽留，就这样把光鲜的青春献给岁月，老出干裂的皱纹。

昨天的一场大风刮倒了它，召走了它的灵魂。
失去了那个想靠就靠的支撑物，我整整一个晚上无法入睡。

2013. 9. 15

活下的树，会有吐芽的日子

风提着雨来了，惊动了天空，把倒塞天路的抗议阴暗的一群云，扫到一边去。

那么大的风，足够砍出一片杀声。

可以看到那些树，在寒光闪闪的风刀下抖动。

一棵受伤的树，在风吼中倒下。叶子的脸滚落一滴滴泪。

比爱还美的花朵，不见了灿烂的笑容，低头沉思着：

风提着一把刀，对她们的伤害。

当下不是黑夜，总有看到阳光的一天。

那些树栽种大地，活下的绿，会有吐芽的日子。

2013. 10. 25

重　构

把患有语病的文本置于阳光下，发现涉及历史的语法违背真实的逻辑。

冗词赘句构成臃肿的机体，有必要精简为只言片语，去表达一个制度的事件。

那些堆砌的辞藻只是文章的装饰，起不到内在的美，再多的形容词也拔不高低微的位置。

寻食的老鼠钻入漏洞的空隙，咬去了文章的重要部分。

被风吹动的页码所剩无几，别让残缺的文章误作健全的文献，重构是必然的。

2013. 11. 9

疼：无法拯救一片叶子重回枝头

有谁像一棵树那么狠，丢下一片叶子，又抛弃另一片还带着绿色的叶子。

仿佛这些叶子在这个世界是多余的，不是树生出的，在枝头没有得到一点点的爱。

这一片，那一片，仅仅在树上待了一个夏天，兴高采烈地回味阳光的温暖时，就被秋风赶集似的，纷纷赶到路上。

仅仅在树上的阴影里多待了一会儿，它们就成为落叶，被凋零，有的甚至当垃圾清走。

之前还在枝头一起，把内心的秋黄坦白在阳光下。

一片叶子被秋风赶离枝头，而一棵树目睹着，却无能为力，才叫疼。

更疼的是我，一生把自己当雪花，使劲往冬天里开，被凋零雪地，而无法拯救一片叶子重回枝头。

2013. 11. 16

冬天：老北风读成一块冰

老北风在丛林吼了三声，就吼走了秋天，也吼走了最后的一枚树叶。

独自呼吸柔软的雪片，掀开秋天留下的落叶，以闪电的阅读速度扫了一下，连连咳嗽。

被折断的树枝像鞭子摇动。

老北风赶着一群群雪，在大地上走，被一棵棵树左拦右挡。

老北风在冬天里披着孤独的白雪，咳出一串的寒气。最后被盛大的暮色盖住，仍露出雪色的光，死死钉住那枚淡下去的夕阳。

冬天留下的遗言，在老北风里读成一块冰：

天冷了，天与地之间的人心，隔着彻骨的凉。

2013. 11. 26

硕鼠之诗

薯地的薯叶一天天瘦下去，番薯也一天天少下去，而鼠洞一天天多起来。

硕鼠吃掉了垄里的番薯，一转身就深藏不露。

想抓硕鼠的人，等到太阳披满全身的暮色，也不见薯地露出鼠迹。

鼠乱始于古，而患漫于今。

比起一个季节才可冒尖的竹笋，硕鼠每天层出不穷，但一遇到凶猛的猎犬，像影子一样四处奔逃躲藏。

门口挂着硕鼠的鼓皮，敲不出什么。

但硕鼠的真相在生活背后。

从前烟熏鼠洞，每露一只，捉一只，满脸喜悦。但现在鼠患成风，遍地刮起来，像抓跳蚤，打死一个，跳出一双。用鼠夹夹住一只，却夹不住狡猾的另一只。

捕鼠的人巡查到每个地方，都发现或多或少的鼠屎，吃惊之余，被搞得寝食不安。

薯地养猫捉鼠，就像影子追人，挑起一身的幻想却承担不了一点实际。

被喂饱食物的猫，沉醉于风和日丽，挑逗衔满一翅膀美色的蝴蝶。

鼠群的笑声里有猫的叫春。
猫的呓语里有鼠的叽叽喳喳。
无猫的地方出现一窝窝鼠毒。

我们无法灭绝天下的硕鼠，但不抓，一世都无法挽回那些损失。

2014. 1. 8

喻 析

当高大的松树与矮小的灌木站在一起，凸凹不均的现象就会出现。

当贫瘠的土地遇上肥美的雨水，就会滋润出绿草。

当尘世交织着长年累月的风沙，伤感的荒漠就像电影放映眼前。

当叮当响的瘦驴追不上流油的马车，距离转化成矛盾。

当鲜花有了色相，就展开烂漫的香艳，就有蜜蜂的扑腾。

当爱在欲望中盘旋，载满玉的梦想，心中就凝固为翡翠，嗅不出水晶的味道。

当权力遇到金钱，就像一头凶猛的豹子，以闪电的速度扑来撕咬。

当漫漶的雾与迷蒙的霾结为队伍，就像乌烟瘴气形成的天地，难有日子的清明。

2014. 3. 3

他是“异类”

“我们都是黄脸，唯独他是黑脸，怀疑他是黑夜所生。
他不是同路人，会把我们黄脸的真相告诉天下。”

“我们都在河边湿了脚，就他身上干净，不沾一滴水。
一滴泛滥的水就把我们的衣服咬出湿印。
涛声依旧的河流百转群山，冲出一地银光，他不拿走一片。
他是异类！有尖锐的角，戳出的都带血。”

2014. 3. 13

与众不同

1

众多的鸟飞泊一片树林，沉浸在喧闹的日子，用一把尖利的鸟语剔除孤独，在每棵树上雕出声音。

而此鸟却独飞一处湿地，领取一杯安静的时光，与水嬉戏，淡泊了阳光下的一个小影子。

2

所有的向日葵放弃灯光的温存，竞相仰望天空，接受一种白得耀目刺眼的阳光。

那个让人思念的夜失落梦中。

当阳光在一片花心里越照越烈的时候，唯有水仙冷静到一个僻静的地方，抵抗阳光的闪闪诱惑，驻足一脉清水，饮了一生。

3

不少的树叶跟风跑到河里享受日光浴，喝够了肥水，像拥抱花朵那样拥抱着涉世未深的涟漪。

盈满阳光的河水洗出它们移民的身世。

但有一片树叶无声无息地留下，坚守在树下的土地，让一种眷恋在一个内心越陷越深。

这片树叶是一个印鉴，彻底印在黄土地上。

2014. 3. 25

环境之诗

晨光有虎口的锋利也咬不破天空的雾瘴。
车流流出的空气不见清清爽爽。
新鲜的花草陷在污染的词语里伤悲：
为什么天空敞开的不是广阔的蔚蓝，而是一片迷茫？
为什么高山让雾霾越裹越矮？

在生活中被雾霾缠住身体，脸色时灰时暗，看不清前途，心跳加速，仿佛挣扎在死亡线上。

风的刀剖开天空的瘴气，切除一大片污染，但烟囱吐出的黑痰很快愈合了整个伤口。

我所在的肇庆在雾霾的纠缠里，遮蔽了自己的面孔。

与所有的城市相比，依靠朦胧的低见度，加雾霾热烈地助阵，争得实时排行第一。

我高兴不起来，因为它隔开了我与一枝花的纯净相见。

2014. 4. 16

大河以一河水的哭泣，控告我们无礼

我站在河岸上，目睹了一条河流从古到今的奔腾方式。

大河喝得够多的，胀满肚子，一口气吐出千里的水，是皮肤的颜色。

我们杞人忧天。

我们怕大河瘦剩下水，而没有鱼，把吃剩的饭菜丢到河里；

我们怕老天不给大河洗澡，把万桶洗脚水泼到河身上；

我们怕一滴哭泣的水擦不去一河污迹，把用过的餐巾纸抛到河手上。

大河呜咽着，以一河水的哭泣，控告我们无礼。

把所有流出的泪，变成饮用的自来水，回到我们口里——

尝到异味。

体内异变。

2014. 4. 23

大风之诗

大风迅速显示摧枯拉朽的力量，删除白云。
大风到来，没有一棵树敢沉默，是树，都以叶子鼓起掌声。
大风用威胁的目光扫视一切，吼一声，是树，都在抖动。
阻挡大风去向的树，被抽落一身叶子，趴在地上。
许多树被大风吹过后无法复原，光着身子，丑陋了一生。
大风还在大地上刮着：
阳光会被删去，天空会被改黑……

2014. 5. 13

春天是好的

春天是好的，怀揣的光芒有着棉花的温暖，孵出满树的嫩叶，每一片写着青色的词语。

不能因一些日子回寒，就说春天冷酷无情。

春天是好的，一把风吹开了枝头的桃花。

春天有柔软的舌头，一下舔湿了草木吐香的大地，再一下舔出一大片播种的嫩芽，已具蓬勃的模样。

不能因某些种子烂掉，就说春天没有爱的滋润。

春天是好的，倒空了冬天的冰雪，留住了一窝阳光，和披挂着露水的桃李处在一起，在熏风演出的舞台上，展现沉鱼落雁的容颜。

不能因某些人有久治不愈的忧伤，就否定春天的温馨。

2014. 5. 17

今晚没有你想象的黑

女儿！星斗暗淡，卡在两山之间，落不下。

一件宽大的黑衣裹住大地，从灯光的角度也看不清地里藏着多少硕鼠。

你不觉得今晚特别黑么?

继续黑下去，天都会黑崩塌。

爸爸！你生于往昔的夜，被夜色沉呛了一回，尝够刻骨铭心的滋味，由此厌恶黑暗，可以理解。

但今晚没有你想象的黑!

那个让人忍不住向往的月亮，亮出的脸白得很，让我忍不住想亲一口。它慢慢掀开夜幕，慢慢洗亮乌黑的一切。

今晚，在一片夜色上，月亮留下一片清白，向着下一刻的日子不回头地笑了……

2014. 5. 20

一棵树

一棵树活在无人的山腰，活在没有鸡犬相伴的寂寞里，任由时光把树皮啃出苍老的皱褶，处在日薄西山的深处依然是平静的姿态仰望天空，把尝尽风雨的滋味忍受在自己的孤独里，苦不言，疼不语，在阴霾的日子里，忍住一滴泪从树叶上掉下来。

没有星光陪衬，只有雨的淅沥沥的思念。

秋天的黄昏面临叶落的现实。

叶落不是无奈的哀伤，只是回到自然的怀抱。

一棵树在自己的孤单里老去，没有影响山腰的花开花落，没有独占一缕阳光，只在脚下的土地体味一点点雨露，一天享受一次日出，常常听到山溪匆忙的问候声。

知足于有虫鸣伴奏的暮晚。

2014. 6. 21

夏天：最经不起渲染的热风景

小暑烧着一盆烈火来，烤得整个七月冒热汗。

穿短袖的夏天被阳光画出一幅赤铜色的油画。

那些筑路工有能力修改一条坑坑洼洼的路，却无法把夏天修改成穿长袖的冬天，反而被夏天蒸成桑拿的样子。

烈日在小暑里煮出生活的味道，咸咸的，在劳动者的体内贮起来又溢出。

我用舌尖一舔，就知道是辛苦的汗水。

劳动者忍着身上的疼痛，靠汗水浇灌着微不足道的小日子。

在树下，可以随意勾勒出一席诗意的荫凉；

在小暑的落脚处，夏天是最经不起渲染的热风景。

2014. 7. 13

漏洞之诗

之一

天的错误，在于默忍弯卷火舌的闪电撕裂整个天空，露出一个个漏洞，让充满梦想的云团透过漏洞流通出去，抵达不同语言色彩的另一方。

于是，引起雷的怒吼，触发雨的游行。

天，空成一个瘦瘦的袋子。

之二

大地在制造高山的时候也弄出不少溶洞，从此隐藏着不见阳光的地下河。

我们渴望的甘泉随一条秘密暗道悄悄地流走，遁形于域外，让我们找不着它怎样突破关隘的细节。

大地的溶洞，把一座山掏空，养肥那些虚度光阴的蛇虫，把那些从人间出发的花草引入深渊的黑暗。

一个修真的人掉进阴深的溶洞，回响的只是绝望的声音。

之三

我最大的失误，是没有守住清风的底线，让身上装满了欲望。

当欲望超重为物质撑破心灵的袋子，不可避免地露相。

美好的衣服是我不小心让树枝划破的，变成了漏走时光的漏洞；

而心中产生的一个泄露的嘴巴，是我失去戒心，人生中一个不可饶恕的过错。

怎样才能扎紧口袋，不泄露半点机密？怎样才能避免仓库出现漏洞，不让硕鼠啃食一粒粮食？

反反复复在思考中。

一座山的秩序被一只只穿山甲打破，就成漏洞，漏洞越多，越难填满动物们所需的空间。

天空裂开的一条道路，就是坠落大地的最大漏洞。

2014. 7. 15

高与低

我住在顶层，在别人眼里我高高在上。

一级级走上去，又一级级走下来，有谁知道爬楼梯的滋味?

不错，我住在高处，但没有坐在高堂。

已经很多年了，我所在的高处，碰到夏天，被大暑烧起吱吱作响的锅炉，没有空调的日子，我泡在里面，像游在汗水里的鱼，受煎熬。

我住得这么高，并不快乐，想接近幸福的难度加大了。

所向往的高处不在我的生活里，在梦中。

至高无上的位置没我的份儿。

我被命运的手推落低处，低成草根阶层，按照一株草的方式生长，在日常的泥泞里，忍受每一步践踏，忍听每一声风吼。

在更深的矿井长期劳作，我脚步迟缓，提早进入自己的老年，只能盼着高处的太阳把我照亮。

2014. 7. 31

乡愁：押解我回乡

我伤害过故乡的一草一木。

我逃离故乡已经几十年，见了从那个方向飞来的鸟，想躲避，承受不起陌生的沉重。

是乡愁押解我回来。

面对故乡，我是可耻的，除了认出故居，我的记忆里一片虚无。

一只狗围着我转来转去，我望着脚下的土地，低下了头。

风吹乱了我的白发。

把乡愁当枕，依旧一夜难眠，心下起细雨，沦为泪。

2014.9.9

林海之诗

林海辽阔。

一棵树高过另一棵；

压弯另一棵，让它看不清枝叶。

一条有欲望的藤，借助一棵高大的树攀援，在可以到达之处：显示触须。

一棵树高过所有的树，从林海凸起，拥有大量的阳光，仍然疯长……

在刮起的暴风里摇晃着，倒下去。

灌木在林海里永远是灌木的地位。

灌木高过草地，高于一只走过的小松鼠；但无法像月光那样爬过高墙，高不过另外的树林，低在另一边。

林海繁华的表象，在青枝碧叶丛中，由风虚构绿浪翻滚。

秋天一声尖锐的口哨，吹出树叶失去绿色的光泽，但没有一棵树消退长势。

风巡查过树木的漏洞，刮走腐朽的部分。

辽阔的林海在一场大雪里，留下雪光，从大地这面镜子照出……

风的险恶，冬的严峻。

2014. 9. 16

菊花之诗

你先别定性自己是红，还是白——

过早戴上一件帽子，会压抑一生。

紧闭心扉，锁住灵魂，把所有的菊香藏于内心，你无法与秋风进行倾诉。

只要你把一点芳香奉献尘世，阳光足够映照出你盛开的灿烂。

雨，不能孕育你的香，但能清洁你体内的污浊，使你活在世上有美好的笑容示人。

在我忧伤的时候，你向我开放，毫无保留地交出菊香。

我是愉悦的，因为品尝到了幸福。

你饱受过所有的黑夜，在阴风制造的暴力中，失去了与你做伴的最可爱的一个花瓣。

经阳光的冶炼雨露的洗涤，你的灵魂清清白白，有月光的质感。

我可以放弃所有物质。

只要与你相守，度过余生，每天闻到一点你的体香，我就能身心合一。

2014. 10. 10

一部分：以诗诠释

冰活成水，独自而去，跟冬天有着艰难的分离，找到有所依的河流。

地老天荒。冰再复活一次，与山拥抱在一起，也是大地的一部分。

树叶活得再绿，再艳丽，靠树的乳汁喂大。想分离出去，没有生存空间。

活着或者死去，都是树的一部分。

山有着最高的海拔高度，有着庞大的冰雪队伍。以严寒为筹码，也打破不了自然法则，无法独立成外星。

它属于地球的一部分。

经过漏洞，进入粮库啃食的硕鼠；

那些建筑不久的楼房，在地震之时，被地震咀嚼成碎渣，已经一次次复制在不同的地方；

而买官卖官在世俗进行的盘算，正成为腐败的一部分。

不管是否近邻，你强也罢，我弱也好，我种出的庄稼是我的。

我的土地，我的岛屿，是祖宗留下的。即使威胁在枪尖上响出来，每一寸，绝不能成为你的一部分。

我守着它们，就是守着自己的肉体。

2014. 10. 11

云朵之诗

有轻，无重。不及雨的一生气吞山河。

拖着流浪的影子浪迹天涯，空空的行囊安置不下小小的家。

让人看得见而摸不着，用一片天的蓝掩饰纸一样的苍白，在时间上擦出一粒尘埃的轻叹。

喝多了夜色，四仰八叉地躺在高峰上，最难堪受一条闪电的无情鞭打。

最后，被一群吼叫着的大风一袋一袋地装进天空，拉走。

空洞的躯壳，谁都不想触碰！

2014. 10. 20

我有办法

我有办法潜入梦中，盗取吴刚砍过桂树的那把斧头，把月亮劈成弯弯的小船，让它载满星星，出没我的梦乡。

我有办法在诗里插上飞天的翅膀，收获到达另一个世界的梦想，邀嫦娥与我共舞，请吴刚与我共醉。

我有办法在幻觉中穿越时空，某天的某个时辰漫步清朝，把自己活成忧伤的书生，为那些欲盖弥彰的朽腐痛哭一场。

我有办法在黑暗里打一把月亮的剑，挑去稻草人掩人耳目的华衣，让它露出丑陋之色，更让它露出忘形之态。

但不久，人们将会在溃烂的世故里看到稻草人一副不堪的样子。

如叶飘零。

2014. 10. 22

担心之诗

在睡梦中，我的心翻卷起担心的思绪。

担心作坊的墙壁溅满油污，变得黑白难分；

担心排污的水沟阻塞一滴清水的流动，变得恶臭难闻；

担心食材来路不明，掩盖蟑螂爬过的罪证；

担心洗、切、煮、炒的所有程序赦免了卫生标准；

担心厨房被油烟熏成黑夜的一部分

当我说出这些担心，你是否担心从 APP 订餐中领回打包的快餐，毒害着身体？

2014. 10. 27

从视频看到的……

从视频看到的端州某条街，经秋风巡查一番，冷出唏嘘。

夜里的街，横卧着的摩托车已经破烂，离破烂的摩托车几米远，躺着一个女子。

本以为她睡着不醒，实则像一幅凝固的画贴在街上，我看得连目光都战栗。

另一边，又躺着另一个女子，一条大腿血肉模糊，形同死去。

我见到这个场面时，一辆中医院的救护车已经停在那里，两个男医生下车了，走过来了，嘴里念念有词，又停住脚步了，路过的人看不惯了，指责了。

两个男医生踅回救护车，慢慢地取下救护床，慢慢地拖着去，又停下：引起愤怒，激起咒骂。

一分一秒过去，那张救护床又慢慢地被拉过来。

我看不下去，被这段视频戳得心疼。不时在想：

那两个躺在街上的女子，是沉入了冷淡的世俗，还是安息?

2014. 11. 4

顺意之诗

顺着水，落叶即使出现漂泊的形态，也是随着自己的梦想找到归宿。

顺着风，有着白云模样的纸片生出翅膀，

飞进天堂。

顺着潮流，黄河的黄浊，经过九曲十八弯，回归大海，

最后的本色是蓝。

顺着天，雪花的羽翅载着冰的梦，在高原上安一个家。

顺着天，有花与无花的树木都离不开四季的洗礼，除了阴和雨，没有什么不可以享受接近幸福模样的阳光。

顺着民意，从美梦死过去，然后从现实活回来。

咀嚼的生活才有滋味。

一切都逆着：命运的回声沉寂深谷。

在一万道目光的见证下，守着锈迹日子的肉体将与制度的衣服分离。

2014. 11. 10.

对风与风能的诗意叙述

一匹风腾空，扬起的力量何止万吨！跳起的高度何止万米！

百丈高的大树也拴不住一匹风叱咤的霹雳。

一望无边的海洋也平息不了一匹风愤怒的呐喊。

风，有着神鸟的翅膀，飞翔于天地间，时不时叫出奔跑的回声。

而风产生着无穷的能量，深藏奥秘，等待人类开发与利用。

当人类把一匹匹风驾驭于风口上，形成巨大的能量，飞快地推动另一种物质，转化成电能，通过有着整齐队伍一样的电缆，照亮千家万户，人类离幸福越来越近了。

那时候，一匹风扬起的是顺从人类意志的长鬓。

驾驭风，去发现新能源，开发生命质能，实现取之不尽、用之不竭的梦想。

拯救地球，就是拯救家园

地球躲不开人类严重的挖掘，用受伤的身体遮挡残余的资源。

当阴天用雾霾洗浴空气，越洗浴，越看不见城市各处盛开的花朵。

只有风从风口上站出来，要用雨的哭，疗救天的苍茫，引领白云回到蓝天。

当土地被负载着重金属的水污染，当动植物不断被莫名的病毒侵害……

我们该怎样担当责任？

当地球的矿产资源逐渐枯竭，我们该怎样改变以资源消耗的产业模式？该怎样寻找新能源，创造环保的发展新模式？

当地球的生物物理界临近崩盘，我们该用什么方式拯救？

拯救地球，就是拯救家园。

像蚯蚓那样，将身体与土地紧密起来，隐身在小小的土堆里，精耕细作出小小的力量。

光电礼赞

从光热发电到光伏发电很快。

水电站的水一低流下去，就被光电的奔跑速度超越；

煤一低头，钻进地层深处，再爬出，就被光电抛弃。

光电，不是从闪电的缝里穿越出来的烟花，而是从太阳电池板里形成的能量，经过控制器与逆变器，要用环保的光点亮夜的黑。

光电，人类需求的新能源，以无污染的形态改变传统燃料对环境的危害，疗救我们的生活。

我们要把握好从太阳能里活跃出的光伏，

开创光伏发电。

光电：生活里真真切切实实在在的棉被。我们生活下去，我们冷，需要抱紧它的温暖。

2014. 11. 13.

冬天之诗（组章）

人间温暖的结晶

这个冬天很冷，雪花从白天开到晚上，哈气。

远山冰封着，冰成河那么深，冰成天那么高。

冷漠的树随处站着，每一片叶子忍着冰凌坠住，没有抖出一点冷战。雪花以慢跑的速度抒情到天堂，从柔软开始，装成白净的梨花，开满天路。

冬天的生活，人间裹紧温暖的结晶。以一床棉被——最好的取暖方式，暖着夫妻间的悄悄谈话。

黑夜大白于雪下，大地的蛇鼠还是深藏不露。

善的羊和恶的狼，随一片片雪花，暂时安静在不同的地方。

突然，风叫一声，让惊慌的雪意外地落到鸽子的身上。

美丽的花舞蹈起来。

2014. 11. 17

雪最适合做冬天的风景

数遍冬天的事物，觉得雪最适合做冬天的风景。

雪白得很，有花的美，从里到外把污垢涤荡，净化自我，已处于统领大地的位置。

雪以她的纯白寂灭掉天空的黑，将一块有角的石打扮得洁白如玉，将一棵粗壮的树勾勒出绿里泛白的美色，将一株躁动的草扯回淡远的寂静，将一座突兀的山入定于清幽雪白的世界。

赢得一草一木一石一山印刷出的雪白的欢呼！

一片雪花很小很小。

无数的雪花可以禅定成雪山，统治江山！

一片雪花很轻很轻。

无数的雪花积聚的力量，可以舞银蛇，推倒或覆盖一棵参天大树。

雪线上，北风敲出辽远清冷的声音，飘逸出一片雪白。

但雪线下仍有遮盖的残渣败叶，仍有污垢。

透过一片茫茫的白，以雪来净化尘埃的人间。面对厚厚的积雪，清扫出一条路：

走向春天！

2014. 12. 6

冬天 都找到冰封千里的借口

冬天咬得整个大地颤抖。

颤抖的大地满内心都是冰冻。

一片树叶从树上下来，擦着大地的污，直到把自身擦破，大地还有污迹。

缄默的石头挨了一鞭冰凌，疼得站不稳，滚下山去。

冰冷了的大地捡拾着天空吃剩的雪花，抱着光阴的残肢，把河流压厚了一层冰，水态的美静止，被覆盖。

所有的冰，都找到冰封千里的借口。

只有不曾被征服的飞鹰噙着一小片阳光，把自己逼到天空深处翱翔。

风不断把雪山的雪往山下赶。

风吼成的雷声，惊破了雪的苍白。

风中的雪花喘着粗气，以一小片轻柔，就把一棵最硬的树亲白了一宿。

2015. 1. 4

这样的事情：叫高兴

大地以一座山的宽阔胸怀接纳一条有着曲折经历的谷溪，而谷溪只回报一串串快乐的叮咚。

我看到而高兴。

夜很黑，有人在沉默的岁月里咳出一串雷声，响动了四方。

我听到了，骑上一匹马，跑出一片高兴。

春天以嫩芽生长的力量喊出天空深处的闪电，照出一窝暗藏的蛇鼠。

木棉下，一只小动物打滚出自己的高兴。

在四处漏洞的制度内，收到一个个朋友发来的讯息：已经介入捕捉时刻的白猫黑猫，在不同的地方捉到一只、又一只、又一只足够斤两的硕鼠……

一片哗然。

我却抱住守家捉鼠的猫，满脸高兴。

2014. 11. 18.

不简单的蜘蛛网

一张网悬挂古老的庙堂。

通过这张编织的网，一只蜘蛛可以找到另一只蜘蛛，确定彼此的关系。

为了缩短两者之间的距离，获得更多食物，走得更加密切，把那张网越织越密，形成丝丝相扣，环环紧连。

怎么看雨丝斜织的网，都不及蜘蛛网深奥八卦。

一只不知深浅的飞蛾扑来，这张网可以让它死，也可以让它活。

不简单的蜘蛛网呀！

我观察到：

一只蜘蛛跟另一只蜘蛛、又一只蜘蛛，有一层又一层的关系，层层叠叠，好像密不透风。

怎么想它，都像人间的生活网，错综复杂，把黑暗与光明捆在一起，一睁眼，让人晕眩。

2014. 11. 20.

石榴之诗

茫茫人海，上帝偏偏选中你与我栽下一棵石榴。

开始长势良好，有花香，叶子青翠欲滴出的美，令人羡慕。

第三年石榴结子，我们为石榴写下高兴的一笔；说到石榴的红艳，又画了一幅挂在寝室，每晚睡前，共赏！

不知不觉，一场微凉的雨打湿了我们的谈话。接着，刮起的大风吹掉了石榴，也吹乱了我们的思绪，目光一碰撞，就扭结。

此后，天天为是浇水，还是施肥的问题，争论不休。

十五年后的一天，我们不关心天气的好坏，仍在争论石榴的肥瘦。

你倾向石榴子多福多，我理解石榴子少叶旺，在纠缠中来到一个陌生之地，远远地，无奈地看着共同栽种的石榴枯萎……

2014. 12. 22

冬日忧思

严冬的湖面风平得荡不起一个波浪。

鱼们在湖下游着安逸之欢。

时间之手，把湖面抚成冰硬的镜子，照出天下白。

湿地谱出的鸟语，播放一曲曲叽叽喳喳，多好听的音乐呀！全部被有大胸怀的大地收录起来。

这时，雪从高处来到人间，预示丰年！

而我却收到即将刮风的信号，看到雪白的天空有一些灰蒙；

担心遇到春天，阳光一吵闹，厚实的湖冰会四分五裂。

2015. 1. 7

藤与树之诗

是某种土壤培植了藤，是树造就了藤依附的条件，藤才有机会攀爬得那么高。

藤缠树，从古缠到今，从外缠入里。

根深叶茂，谁能扯断一条藤反复的缠劲，厘清是是非非？

当初弱小，只有一丝卑微，藤愿意作为树的点缀；

当生出无数条藤，连成片，就有扩张的触须遮盖的能力绞杀的欲望。

树的生存空间在藤的疯长里缩小，每当啃食一小片阳光，就要付出摆脱藤缠的费劲。

在藤的守护里，树无法像云一样自由接近天空。

老朽之身，在藤的束缚下，只有沉默的坚忍。

藤的家族形成。

一条老大的藤在森林里成为藤王，占有高天的彩云。

藤王派生出的每一条藤都攀爬得很高很高，占据重要的位置，无视矮小的灌木。

密林深处，藤通往大树的通道，连锐利的阳光都无法看穿。

是某种土壤培植了藤，是树忽视了藤绞杀的能量，到头来用生命供养出死亡！

2015. 1. 16

有一种情绪在诗里忧伤

一个歌手用一支歌就打动了所有听众的心，赢得经久不息的掌声。

她去天堂的那天，来送别的不用多说，报纸不惜以大量的语言描述。

知道消息，不少人悄悄抹泪，把她留下的歌声当成天籁，藏在心里。

一个军人用一杆枪保卫祖国，不让狼来伤害任何一只羊。

狼群听到惩罚的枪声，只剩下一片惨叫。

和平年代，他擦去刺刀的血迹，把锋芒收敛起来。

他离开人间的时候，只有简单的新闻报道，像一阵轻风刮过，吹不起一丝涟漪。

除了北方的雪花悄悄飘落，什么都没有。

这个世界怎么啦？歌声改变了生活的模样。

是歌声响亮过枪声，还是枪杆子退到歌手的身后，消失于黑夜？

这个世界怎么啦？怎么有了异质化的气味？美好的生活是歌唱得来，还是鲜血换来？

今夜有人注定无眠，摸着良心，问：为什么有一个人走了，让人心疼！

而另一个人走了，连雨都不想表达一声哭泣？

2015. 1. 18

缝补之诗

天衣无缝，源自成语。
天衣有洞，漏出整夜的风声。
是谁用一块月色缝补天衣之洞？避免再度撕裂每一寸裂帛。

不忘审视自身。
身上的衣兜不幸有了一个破孔，漏掉了我的钱。
用什么才能补住这个漏洞？用线缝补有补痕。

不忘审视粮库。
鼹鼠的利爪在呼噜声里挖了多少洞穴？耗去多少粮食？
拿一个严密的制度做补丁，缝补，才无事。

不忘审视土地。

是谁用豹子的胆量，在一块块土地上追逐着最大的利益，而不顾爪下每一寸血淋淋的撕咬？

有谁敢顶着危险缝补土地的破碎？

不忘审视生活。

有人用弓形的身影换来的血汗，竟不能兑一分辛劳。

剩下枯干，还要被撕裂成一个重大的伤口。这个伤口呀，由谁来缝补？！

生活的衣裳穿在社会的身上，竟有这么多裂缝！
再不缝补，身后的裂缝就越来越大，动荡不安……

2015. 1. 21

孤独之诗

当我老了，只有孤独伴我，如狗，舔着我的命。

你远在千里之外，隔着夕阳凋零的黄昏，肯不肯来认领一个颠簸着的孤独？

世界不愿意孤独。

但有孤独的鹰在天空飞着。

万物走空了，不再担负天空沉重的夜色。

一条河流就此背负孤单的水，流不回原来的模样。

浸过风霜雨雪的孤独，在生活中发芽，长成一个老人的身影。

允许孤独存在。

允许孤单的箫声倾诉比孤独更加寒冷的苦难。

允许一只耳朵找到一声鸟鸣的和音。

一片孤绝的春色从诞生始，就坐在蜷起的草尖上沉默不语，不再抱怨露珠栖落的世俗。

让春色与草木达成一致的绿。

在大地上，时间用春天安抚每一棵老树，流淌的，是暖暖的绿！

在一个不引人注意的地方，有一棵孤单的老树，

不拒绝蓝天白云，但拒绝一只鸟的悲鸣！

不甘心每一片叶子随风飘落。

2015. 1. 28

甘南：一部蓝绿的天书（组章）

神鹰一展翅，翻阅万里的蓝绿的天书。

天书写着纯净高度的甘南。

由桑科草原做封面。

而尕海作为封底，不留一丝污浊，映照着一大群格桑花。

插图，主要的有三个：拉卜楞寺、禅定寺和郎木寺。

天鹅挥去千里的疲惫，群集尕海的湿地，抖去征尘，清理出一身的洁白，借着透明的水色，用热闹的鸟语翻译着天书的内容。

甘南扫净风雪。

留一个位置给羊群，留一份牧草给牛群。

吃饱的牛羊聆听着由神鹰领诵天书的福音。

而远处的雪山，隔着宽阔的尕海，听不清寺院的诵经声，急白了头。

一株草，就把人美醉

桑科草原披着蓝色的天衣，与一群结伴游走的牦牛享受着甘南老鹰的掠影。

身穿藏袍的甘南，坐在沉思默想的寺院旁，阅读着桑科草原空出的一片寂静，与春风交谈着从腹部滚过的绿浪。

拨开蓝天的白云，看见桑科草原——
在牦牛的奔跑里最具雄性的活力。
肥美。健壮。耐寒。
没有一丝苍老的皱褶。

神灵居住的地方。空出被灵魂抬高的夏河拉卜楞寺。
不接受欲望的大声喧哗，只收录一颗星在夜空静静地奔走，把持着一丝杂念要冲出身体的念珠。

沉寂的桑科草原，在一匹骏马的嘶鸣里醒来；
野蛮的气息被转经筒转化。
被跟来跟去的月亮刷出风吹草动，被甘南放进星罗棋布的辽阔里。
甘南的一株草，就把人美醉。草原，其颜色附着于一个春天。

尕海：众鸟的天堂

尕海：佛触摸过的湿地，如水晶洁净，让群鸟逡巡出12000公顷的蓝色经卷。
恩泽的福音从湖里溢出，浩荡为盛大的涛声。
天鹅的翅膀把尕海擦拭了一遍，又一遍，掠起的水珠，让风吹出清凉。

这个地球之肾。
曾经患上干涸之疾，突现硕大的沙坑，在落日里照见仓鼠与枯瘦。

是谁擂着雷声一样的警醒？让倾颓的大梦回到湖的眠床，枕出欣喜的波光。

从此到处荡漾着希望。

是鸟回到原乡的梦里栖息。

是鱼做了尕海逐日清澈的指证。

是水草摇曳出风和日丽。

而甘南在尕海之滨安放人类的福祉，生命的血已渗入尕海的肉身。

是谁让尕海留下天鹅的底色，撤离骚动的脚步？

这个众鸟的天堂。

装得下万鸟形成的呼啸风暴。让众鸟在月黑风高之夜也高枕无忧。

2015. 2. 3

诘问

要打造多少把阳光的扫帚，才能扫除阴暗里的冤屈？

一生要挣多少钱，才能从贫困的生活里啜泣出购房的热泪？

要牺牲多少宝贵的花朵，才能把芳香的梦提炼成现实？

在摸索的时间里，要损耗多少光阴，才能填补在精神裂缝中的空虚？

那些门窗已旧，是让北风敲破，还是制定出更好的油漆翻新？

天已黑，迷失于黑暗中。要高挂多少灯盏才能改变夜的结构？

在春天旅行的惠风，是否受命于一条水路？

做成一把哨子，怎样才能吹醒在大江里沉沦的波影？

在苍茫的气候里，怎么发现清理那些腐枝败叶，才能保持一棵大树健康的身体？

要将喧嚣的日子过成平静的生活，是否需要太阳的力量镇住波翻浪涌？

沿着怎样的路走下去，才能制止自己制造的风暴，抵达远方？

2015. 2. 15

名利之诗

把它视作蔬菜，种在自己经营的园子。
日晒雨淋。
取之有道，非议的声音从喉咙咽回于身体的寂静里。
把它视作食物。修改，越过那个底度——
人性中潜伏的冲动，成狼——
血腥地掠食。
会迷失在食物的花纹里，陷入更深的阴影。

“当思想与欲望交织成花朵。
蝴蝶忽明忽暗地追逐香气，麻醉般地沉迷固执的花朵，不想改变旧的知觉。
走下去——
时间的尽头：反面的标本！”

2015. 2. 28

橡皮筋之诗

搁置久了，它在虚度中紧缩成线条，在摇摆不定里放平自己。

弹性的宿命——

有柔软的一面。

一经激活，就能拉扯出新的知觉。

陷入黑暗的静寂里。拉它一把，它就从曲折里的虚无弹回生活的现实。

它一直喜欢自己在伸缩中的弹力。

面对坚硬的物质的逼视，潜伏着冲动，但延续柔性的固执。

“不理解这一段跟那一段的纠结关系，就别把鲜花揉碎成泪，拉扯得难舍难分。

把它拉疼了，会反弹给你一种悲痛！”

2015. 3. 5

活在肇庆，写诗（组章）

肇庆：请允许我把你写进诗里

肇庆，一个常使用的名字，请允许我把你写进诗里。

你的心胸宽是宽，但灰蒙蒙，带着久积的雾霾，与白云貌合神离。

对渴望空气清新的人来说，是一种折磨，相当于灰尘对眼睛的伤害。

是借助自然之雨，还是制定一个法规？

把你从雾霾里清洗出洁白，还原到蓝天一样美的模样。

一个用旧了的身体，肇庆：请允许我把你写进诗里。

你的三月有惊蛰的味，但过于雨霉，没有春风的温柔——

睡在一个潮湿的日子，留下关节的病灶。

是时候，把一些词语

构成空调的意象，抽去你身体的湿气，还给你衣服一样的干爽。

2015. 3. 17

肇庆这张脸

自从与陶瓷厂、水泥厂、漂染厂做了近邻，肇庆这张脸就拉长了，变形了。

随意阅读，有苦涩的味道干果的皱褶。

是谁出的主意？捡拾别人放弃的工厂，搭建在肇庆身上。

让肇庆经常戴着口罩，不能轻易说出雾霾之殇。

肇庆这张脸只能埋进面纱内，躲避风尘的吹刮。

此刻，尘埃成脂粉，涂着肇庆这张脸；陶片成利刀，刮破肇庆这张脸；染料成油彩，画污肇庆这张脸。

每天，开着的洒水车以降雨的方式冲洗着肇庆这张脸。

怎样才能抹去脸上的眼泪呢？

一棵白菜被伸长脖子的烟囱吐脏，难过地站起来，却说不出话。

用什么办法揩去肇庆脸上的污垢，还原她如初的干净？

2015. 3. 7

活在肇庆，写诗

写到肇庆，质问跳蚤，在跳高的田径场凭什么本事跳跃？

而跳蚤的腿被另一条有缺陷的腿拖着，跳不过一首诗的高度。

写到夜晚，月光在天空拆解了乌云覆盖的阴谋，闪烁出没有那个夜幕能够抹杀的光芒。

每一片涌动的云都安静下来，回到天河最初的位置。

写到草木，结果的树在冷寂的月色中，赢不来蜜蜂的一片歌声；

而那些结不出果的野草借助风势，像拨浪鼓般摇来晃去，反而招引来一只只蝴蝶起舞。

活在肇庆，写诗，
看见阳光射穿了蜘蛛网的乱象！
时间走进现实里，判断黑与白，是与非。

2015. 5. 23

在肇庆

在肇庆，有没有月亮的晚上，都有褪不掉的黑幕。

风动湖心，撕开了疏影横斜。

谁去，谁来，都是一样的天空，云依着那片灰色游走。

劳心者依旧劳心，劳力者依旧劳力，一样活着，一样流汗，但分配到的阳光不一样。

西江无论涨或退，把两岸的干渴都解决了，依然受到排污物与漂流物的惊扰与冒犯。

在肇庆，当春天改成夏天的姓氏，怎么转换角度仰视，北岭山都没有增长。

从一列掠过山脚边的火车内扫视，别墅在山坡上，公路在山坡下。

忙碌了一天的人们，愉快的享受愉快，烦恼的还是烦恼，但不会影响日落月出的进程。

在肇庆，七星岩与鼎湖山早已是风景的名片。
不管从本地出发，还是由他乡而来，要欣赏，不能心疼钱。
它们显影的美，是顺天承应的色彩。
仰望它们，感觉高一些；俯视它们，感觉矮一点。
它们美到极致，世代提及。

2015. 7. 30

事件：是送春还是卖春

女人以色为财。明码标价。

桃花笑纳得意的春风抚摸，却被风尘坏了名声。

一个女人不能承受一堆钱的重，甘愿让一列男人的火车穿越身体幽深的隧道，抵达欲望的梦境。

一个女人走进银幕，成星；

照着导演安排的昏暗的天空，笑脸显露出红色的信号弹。

回到现实。

辟谣卖春。

自诩是一支被泼污的莲藕，清洗干净，在生活里——

嫩白溢美。

2015. 3. 26

事件：割了一茬又长出一茬

潜伏在各地的土壤里。

有合适的雨露、阳光，草就修改环境生长的状况，攒够了绿，把自己打扮成迎春的花轿，迎娶惊蛰。

一株草与另一株草是相像的，蔓延每一片土地，

确立自己绿色的优势地位。

当人们意识到草不是粮食，成为禾苗生长的障碍，影响着庄稼的收成。

预感草丛里庄稼的内脏已经腐烂，有所发现——

草丛藏有更深的阴影。

为了挽救庄稼，我们正在割草。

割了一茬；不久，又冒出一茬。

我们是用割韭菜的方式割草，故草根还在特殊机制的土壤里。

2015. 4. 1

剑　赋

剑的锋利，在于不生锈，有威吓的寒光。

邪恶铸造了铁，剑能削铁如泥。

平日，剑在鞘里无语。

风吹，剑——

令所有欲动之草，都软服在寂静里。

剑，胆色过人，以杀气凛凛的图腾，一步步从古舞到今，气吞山河，剑光所到之处，猎猎西风也落荒而去。

这个冷兵器，曾有雷霆之力，杀出一个个威严的王朝。

如今，与瓷器一起出土，抱着冬天的土而发冷。

剑钝了，再磨锋利；用旧了，再打一把新的。

如果歪风吹歪了握剑者的手，没落的斑斑锈蚀在握剑者的精神里腐化。历史昭示：

剑毁，人亡，千万福禄烟消云散！

2015. 4. 18

亏了此，却成全了彼

雨在拯救旱地，亏空，却把花朵滋润而开。

干渴的花吐出整片香，作魂，寻找雨迹。

为了春天孵化出的温暖，山耗尽了冰封的雪，却用水的化身与大地相遇。

泱泱流成河。

天空亏掉了整天的阳光，却擦亮了现实的夜压弯了的月。

生活，不会没有晴空。

一盏月亮，成为夜行人追赶光明的对象。

而月亮为天空而献出光的宝座，亏成阴缺，都是为了与夜晚终生厮守。

2015. 4. 22

黄金沟之旅

没有黄金，有一条陡峭的沟镶嵌在凤凰镇的深山。

沿着深沟，我把路径当人生来探索。

铁索小桥，考验着我跨越险峻的勇气。与被春天解放到夏天的溪水相遇。

神奇。寂静。鸟鸣。我追讨的快慰。

低眉的小草涉足树林的花香，仰慕被树枝抛来抛去的小鸟。

草木、怪石、流泉构成的山水画，被古道引入幽深之处。

昨夜的大雨撤离后，留下湿漉漉的痕迹，串成水珠，颗颗晶莹。

成堆的阳光被云雾吸尽后，虚无的身影怎么抵挡得了山风的扫荡？

虎蛙卧石，挡道；古道溯溪，听泉。

瀑布奏出的交响乐，以大自然的章法，在山沟里接受一根古藤——

悬空指挥！

鼓掌是我。

呼唤是她。

感叹是你。

观众站成满山的树，享受神赐给的福祉一样的天籁。

没有黄金，有一沟溪水沐浴，也行，清洗人间的杂念心灵的污垢。

我翻遍上下，脱下豹的花斑，恢复善的真身，与草木同色。

2015. 4. 27

刻画之诗

把一个人刻成木头，放进生活，活不出青枝绿叶。

把一种欲望刻成狼性，放牧羊群，会溅起一地血腥。

把夜晚刻成黑暗，放逐光芒，就会加快一朵月光的枯萎。

把谎言刻成真话，播给别人，会得到一脸惩治的唾沫。

把人间刻成爱的尺子，量度他人，会现身春天的温度与宽度。

把过激的言行刻成云烟，悠然而飘，所有冲动的脚步会伫成雕塑。

把信仰刻成清风，吹过思想，心海不再翻滚。

把惨痛的历史刻成碑记，藏在心里，再锋利的兽爪，也撕不烂那页国殇。

2015. 5. 8

期待黎明

一朵白色的月光被一块黑绸包裹。
闪电的利牙咬破夜的一角，那道黑缝已裂开。
风起云涌。
在睡眠者的梦里留下细碎足音，是雨。
淤积在黑暗里的灯光横空出世。
夜色隆起的腹部孕有一个曙光，但不持有准生证。
夜色与黑暗达成一致：
屏蔽光明！
但那道裂缝闪出的闪电已露出光芒的风骨，打破沉默。
鹰，一直扇动翅膀拍打夜的黑。
天空正在清除乌云。万物翘首以待黎明的啼鸣。

2015. 5. 9

一条溪，以水流响示人

一条溪被大山弃于山沟。

哭湿石头，哭了四季，在站着的树的围观下，依然淙淙地诉说！

它委屈成空白之页，碰触不到人迹，而蜷缩于寂寞。

我厌倦带来所有喧闹的风，厌倦尘土滚滚。

来到黄金沟，找不到黄金的真身，

听出一条溪——

一寸寸爬近，一声声抬高音调，隔着一片丛林，都想跃到我的耳朵。

我翻越过去，像叶——

丈量着一溪的深浅，靠在溪口，不动。

而溪不甘寂寞，以水流响示人。

被大自然点化成流泻之诗，由山沟朗诵。

2015. 5. 14

打压不过如此

（一）

以重锤将钉子打进一块木板。让木板疼出一个洞，荒废、无用。

在日光的目送下，一块木板裂开的身体，遭到水的泼污。

或将一块木板当垫物，承受万吨之重，难动一步。

让木板一辈子都站不成椅子的一只脚，遭受折磨之苦。

一块木板，在重锤敲打下，空有航行的梦。

（二）

一块千吨重的石头压住想冒头的长势。

石头的后面钻出的一个脑袋，早已长成绿色的五官。

受压数年的青枝抽出一抹新芽，外化了生的意义，在曲折的命运里，重回自己挺拔的位置。

草不幸被压住，有幸在一堵墙的裂缝里探出绿脸，以示——

打破重压，一条顽强的根子绝地而生。

绿荫属于未来。

2015. 5. 15

静心聆听

千万别哼声，静下心，靠在自己的孤独，感受深夜的冷暖。
聆听到的喧嚣有潜伏着的黑暗，欲动。
现在的人影，就像隔着万水看不见一丝真的容颜。
现在的人在狗面前，学狗叫，
越叫越像狗；而鹦鹉在人面前，越说越像人话。
风景颠倒。
湖水继续暗透。
暗透了的夜再一层暗透，更能显示一颗星的闪光；
沉默了的月光保持缄默，对人进行重新拍照界定。
不可否认，浮躁的世界要弄出风雨雷电，才显活力。
千万别哼声，静下心，用佛性听听——
夜里抽出的那根黑弦，一弹，就会断，没有多少剩余的音乐价值。

2015. 5. 16

从一片空白到白

从一片空白到白，花
耗去无数苦涩的光阴，才拥有月光的美颜。
从一片空白到白，像一只鸟
从地到天的飞跃。有多少曲折的征程?

是我的姓，改写了我一生的苍白；是诗，填补了我内心的空白。

一张纸——

不着一字，上了天，也是一片空白，飞了一程又一程，还是逃脱不了坠落的命运。

云再白，也是虚的。
雪把自己搬到生活去，才被人接受它白的内容。
白，不是问题。
不清不白，随流逐污，才是落叶写在大河最大的败笔。

从一片空白到白，实现了我今生的梦，正是我想要的结果。
我白得彻底与灿烂，与黑彻底决裂。留下的空白
刚好安放我身后的散文诗。

2015. 5. 19

虚掩之门

只要阳光轻轻一推，门就会开。

用不着风来踹。

时间的默片在门外播映了整个晚上，没有一个观众。

一片月光维持着静的秩序。

没有谁来推门。

不知道门内发生了什么变化。里面——

是否还有五千年的诗、书、礼？是否一个王朝的秘史陈封于有形无声的地下？

门外的刀光剑影曾经悬浮天地，如今是否以灯笼的方式结束血光的照耀。里面——

是否有我们想看到的人间青花瓷，平稳安放？

从地下出土的甲骨，是否能占卜出一把青铜剑在历史里的吉凶？

虚掩之门，无人来推一下。

锁着的门，谁敢打开？

门，只是虚掩，没关。

你不进来，就不清楚里面是黑暗，还是光明？是寒冷，还是温暖？

你不进来，请不要虚伪地以智者自居，说里面只生野草，不长鲜花。

不跨进虚掩之门看一看——

怎么知道自由是以什么步伐行走?

又怎么知道影像复活成声音，声音又在门环上流通时间，领开一扇阳光?

2015. 5. 20

这个世界，哪里还有一片净土？

这个世界，
哪里还有一片净土？

山峦囤积了千年的泥石，在一次大雨的暴动中流失。
一场雨救活了整个天空，只清新了半天，又遭受灰暗的雾霾抹下一片苍茫。
江河用一道冰凉的雪水疏通了自身的经脉，却无法挡住污水走过的脚步。
一片菜地制造了绿色的梦境，却被残留的农药无情撑破。
整齐的汉字编写成诗，在刊物抛头露脸，也给墨汁染指。
住宅小区里复活的一块空地，坐满了生活的垃圾……

谁也不想用黑夜罩住阳光，失去光明。
但黑夜确实存在，与生活如影相随。
在缭绕着水汽的镜子前，我们还能看清原来的模样吗？

“这个世界脚下都是净土！”
我不相信！
我一下找不到相信什么！

2015. 5. 21

颜色赋

（一）

颜色加入意识形态的队伍，就亮明了阶级的身份。是谁制造的中国特色？

昨天。在民国的路上，红色，被烙下“赤匪”的标记，被围剿追杀。而红色的旗帜在枪林弹雨里经过万里长征的血染，撼动了黄土高原的天地，染出一个不断壮大的政权。

翻天覆地。

红色揭开了历史新的一页，取代了用旧了的没落的旗帜。

（二）

白色并非出生于花的家族，也非白云的化身。

当白色与恐怖扯上了关系，在民国的路上，连动物都嗅出血雨腥风，被放倒在地的落叶忍受着暴风一次次抽打，那些树枝支撑不住挂着的人头而坠落，被扭曲的每一棵树隐忍着天空一次次在头上落下雨泪。

在合适的时辰，只有神可以还原白色的面目：

比雪清洁，在午夜的星光里，翻转成月色，拉近银河的距离。

白色作为一种意念，在一张纸里落座，不染泥污，在尘世里坚守一生的空明。

这样神圣，为什么不收进灵魂贡奉着？

（三）

谁的想象力这么丰富？偏偏把色情视作一种黄——

黄色小说、黄色音像、黄色传播、黄色段子……

黄色一旦成为一顶帽子被戴上，谁都难以抬起头。

当一个人置身于黄色的陷阱，只能是不幸的表情，不幸地被当作坏人对待。

从此，到何地，都怕去黄色处安身。

落叶泛黄，遭秋风横扫。

黄色，从何时被人坏了名声？

一朵黄色的玫瑰超度花的灵魂，为黄色正名，修正了一种观念上的偏见。

回溯历代王朝，黄色瞩目成宝座的辉煌，温暖和显赫了皇帝的肉身。

龙袍、龙椅、龙宫、宝殿，呈现黄色的色彩，拥抱至高无上的生活。

从黄袍里伸出的手，握着掌管天下的权杖，发号施令。

风暴动的时候，雨响应风声而起义队伍。黄色就从一个王朝的身上被风雨剥离。

从此，黄色的身份一落千丈，褪尽所有的辉煌。

2015. 5. 22

浮躁：刮遍生活

浮躁形成之风，刮遍生活。

刮到天，天放弃空寂，让乌云四处逡巡，不能自持地张贴晴空万里的告示。

刮到树，所有的叶子都打破了等待阳光照耀的耐心，一瞬，就弄出一片响动。

刮到湖，吹出的水泡掏走了湖的平静，落花溅起的涟漪打湿了干爽的阳光。

刮入体内，呼出的气，竟然有一种怨味，弥漫空中。

每一个地方，都摆脱不了风的影响；

每一个人，都心知肚明风搅动的威力。

无风不起浪，起浪必有风。

人类以浮躁制造的风，刮倒的不是树，而是人类本身。

可否吃一粒精神的安定片，治疗一下内心的躁动？

2015. 6. 17

坚持生长的梦想，才有结果

风逼，雨打，一棵树从不放弃向上的生长，从身上抽出的枝叶是对灰尘抵制的表达。

无畏厚土深埋根的梦想，从贫瘠里突破出来，一时间，发自灵魂深处的花香，闻一闻，就让人忌妒。

一棵树空到路边站立，没有行人注目，空剩一粒鸟鸣也足矣。

尽管风吹来许多雨的小道消息，但树的内核有枝有叶有果，也有鸟声发表，绝对不空落。

从低处往高处长，一棵树从不折弯到谁的脚下，尝到的风雨，二十年以上，看清叶落在地的寂寞。

除了半个月亮爬上来张望一宿，还有一个黎明提一桶露水泼洒。

天空的黑暗。

雨水的泼污。

谁能看清一棵树的开始与结局？谁又能以冠冕堂皇的借口阻止一棵树结果的梦想？

2015. 6. 25

爱很洁白

爱很洁白，如雪，在时间冷成冬天的时候，飘飘洒洒，持有一片月光的晶莹。

我看到爱在人类的脸上开花，慢一些也罢，快一点亦好，凝成泪的表情与羞涩，都有余温。

我也看到爱蒙上世尘，遇到风浪，迷失了方向，在曾经的沧海里翻沉。

爱，可以独舞或双人舞。但不能放纵！

一放纵，便失去了操控的脚步与节奏，踩乱了今生的生活；

爱，可以独享或尊一。但不能滥情！

一滥情，爱就会跌宕起伏，陷入迷醉的深渊，凋零今生。

爱很洁白，在冬夜连成棉被，暖着彼此。但不能黑白不分！

爱一旦被污染，失色变味，近在咫尺，却远在天涯。

一个生命去为另一个生命而死去活来，叫爱！

老成一条条皱纹，也值得珍藏。

2015. 6. 26

一个老人的自言自语

一年很长，有 365 天，希望你用其中一天，陪我：

度过每时每刻，看看夕阳怎样平淡地活在黄昏，听任时间毫无征兆地从身边走过。

在寂静的时候，听到你的轻声细语，可以消解内心的孤独。

你若不来，不用一点时间陪我，一滴泪，就可击碎我的心。

当你挺拔成树自立，抗击风雨，为父的我已经坐化成弓，只剩下一根弦弹着世间的悲欢离合。

当我最终泊上枯瘦的皱纹，我明白，时光的容颜无法回到原初，一盏油灯总有一天由明耗到灭。

而一生不能泅渡孤舟到彼岸，是我难以消解的暗伤。

一年很长，有 365 天，希望你用其中一天陪我：

度过每分每秒，看看老树怎样站在人间的磨难里，求渡于最后的岁月，在诵经声里，空落红尘。

你若不来，错过秋天，冬天就到了，时间成冰，一切都冷了。

即使你有无边的法力，用尽所有的泪水，也浇不活一枝枯萎的花。

2015. 7. 1

新旧辞章

1

甲骨文在远古的农耕殷商是能指的文化元素。

这前朝的碎片，在现代社会，只是追思忆远的符号，刻入占卜的历史。

与陶文一样，呈现象形、会意的质感。

历经数千年沧桑，在日新月异的安阳殷墟出土，古老的形声美学独一无二。

甲骨的文化符号，与当今相遇，变成一副冷硬的旧面孔；

退回去，却与往昔的人类命运达成吉凶一致。

旧的不去，新的不来。

当结绳与契刻在日常生活里的记事显得不足，而以新的竹简记辞，编联简牍，文字勾勒出的农业文采飞扬，一点点靠近文明………

春秋，是谁用劳动埋葬甲骨？

近代，是谁用新思想认识世界？发现旧物透出锈迹，怎么用也没有新的知觉。

当今，又是谁以先锋的铁锤砸烂旧的制度，创造出新的生活？

2

用一个下午读了他的诗，发现在一个句子里，用旧的思想承载着深秋的冷色。

已经生锈。

还给他，包括他用旧了的思想。

我们要像鱼儿鲜活在流水里，以一点一滴积聚成滚滚的力量，推动出一列新先锋。

3

当生活的苦涩成为过去，再拿出品味，就是往事。

许多往事，沿着旧日子走回记忆里，遇到暴雨，皱眉，生怕被打——

溢出疼痛。

把往事折断，深埋，在新事如潮涨起的瞬间，

送走冰凉的冬天，安放一个阳春在内心，打开生活，用善良的目光瞅瞅——

会发现许多新芽，用绿诠释春天的内容。

4

弃旧贪新。

什么国度，都有劣根喂养成的观念。

在婚姻里，在制度上，在企业内……

把别人用旧了，用厌了，像垃圾一样丢掉。

贪新不忘旧。

在生活里还有念想之恩。

至少在新事喧嚣世上还记着旧物的好处。

忘旧者，会在往事里脱臼，错位，不想对接任何旧物，以新颖自居。

贪新，谁会为旧物预留一个应有的位置？

“这衣服不够新款，老土，怎么穿都无法体现身体的曲线美。”

当一个人失去控制新与旧的平衡能力，就会在贪新的趋向上坠落。

物虽然还是物，但新旧两重天。

当然，旧树能重新长出果实，暗暗地香，他会收回厌旧的悲叹。

5

新与旧，像两山对峙，如两河分流。

怎样才能找到彼此的交汇点？

新的并非是美的化身，不断放大变形，转化成阴影的翅膀，对生活扇落尘埃，会令人大惊失色。

而旧的，也许今非昔比，不见得那抹红颜没落到如冰融化。

像极了夕阳，还笑在黄昏。

重要的，保持良心，看清新旧的各自面目，不厚此薄彼，将追求的幸福填补到新与旧的交汇处。

6

抱着旧爱，还去寻找新花，过分的欲望，会令一时的快慰收获暗香。

但深渊开出的野花，会招引他成为悲剧的角色。

在人性的内心，该怎样安置一个良知：在新年与旧岁之间，把穿旧了的一件衣服，岁月熏白了的一头旧发，善待如初?

今天过去，就会沦为明天的旧。

翻新的月亮在天空总会旧下去，而日头又会在鸡鸣里新亮起来。

世界呵！如何把旧物打磨出恒久的魅力?

从旧的经典中挖掘出丰富的知识，孕育新的梦想。

2015. 7. 15

今天之诗

过掉的昨天，变旧了。

我要从生活的时间里抽取一段光阴，打造成宝贵的今天，试着用一碗茶香，替换一杯苦涩。

为了过好今天，我动用了慧能的哲理，善待生灵，忽略不听明争暗斗的声音，慈悲为怀，拣来孔子的《论语》，修正自己的言行，尽力把悲伤与快乐的距离缩小，把幸福再擦亮一些，通过镜子，看见不沾一点尘埃的蜂蜜。

为了让今天走得更自由、轻松，我们启用了先进的理念，依靠不生锈的思想，把那些不合时势的旧路、崎岖的土路、弯曲的烂路，修整出新的模样，在危险的转弯处，竖立警告的标记。

浮夸的往事，不能再作今天的修辞。

今天的药方，是简单实用的五花茶，可以治疗湿燥的社会病症。

不管如何，尽快忘掉苦涩的昨天。

从今天开始，放弃不长一物的荒芜地，留下一片阳光的亮色，照耀生活。

2015. 7. 20.

她：是我表达的春天

一列时间拉着一个季节，穿过冬天，停靠在某个站台。

下来的是谁?

她吞尽雪花，吐出一地绿。

她以柳丝的方式进入我的体内，让我的心情柔顺起来，温暖起来，有了一脸的春风。

她把春风翻动了一下，触及花的容颜，并没有阻止几片草芽潜伏夜晚的行动，但揭开了一些苍白的物体蓄意掩盖昨天的污垢。

乍暖还寒，她点亮那些怀有好意的星光，照着微弱的虫鸣，让埋在冬天的日子重生。

她：是我表达的春天。

2015. 7. 26

躲与不躲

与黑暗有染的月亮躲到天上，又与星星有了一层闪烁不明的暧昧。

蛀吃树膏的虫子躲到树洞里，每一天，都害怕听到阳光的脚步。

风流成性的蝴蝶有了花魁的公务，躲到斑驳的树影里追逐花香。

浪费光阴的人影躲到词语的背后，成了舌尖的魅影，有欺世的秘籍。

被扭曲在岁月里的西江，直过肇庆的丘陵，
从不躲闪什么，以瀑布的形式——
浩浩荡荡流响着阳光的声音。

2015. 8. 9

玉的交响诗

1

玉出昆仑，尊为神器，国之中心。

古羌族人发现珍稀化石之美，制成环、玦、瑄，一道首饰的风景出现人间：

坚栗精密，柔刚的质地驻守着五色的光。

先人从玉的图腾开始了崇拜的传奇。

活在传说中的西王母，以神权与巫权的身份统领百姓，向黄帝献玉，开创了送礼的先例。

西征的穆天子，在万山之祖的昆仑，在西王母的垂恩下得枝斯之英，开采与藏宝铸造一册顺理成章的经典。

华夏始祖的族群，以玉为思想的载体，在通往人间的路上，视作沟通天神、传达王令的唯一信物。

2

从春胜到养生，是谁为玉开出延年益寿的仙方？

秦汉以降，巫士们以中医论道玉为阳物的精华，已开食玉的先声。

服者寿如玉吗？

死后的埋葬，谁见到灵魂附体不散？在阴阳的转化里腐朽为土。

何来控景登空？

只有在占卜的梦里身飞轻举，生翅乘烟。

图纹玉圭，深藏多少道教近福避邪的祈求？

谁能够揭开唯心的盖子，倒出一瓶神巫的荒谬看看，验明事物的真假？

回溯汉朝的时光，在一个造神明台，汉武帝以玉膏为仙药，掀起食玉之风。

从此，食玉之风在生活里猛刮，如一只巨兽，日吞数百斤玉粉，在史册里留下一页有待探究的踪迹。

3

从古老物象的更迭变化，窥见玉演绎为灵魂的法物，以宗教式的膜拜扶摇直上天堂。

神呀！牵引众生在幻境里接受玉的恩泽。

是谁从扑朔迷离的物志的情节指认出软玉鞭，赋予美的化身？

“光可鉴物，节文端妍……”

鉴赏者的授词拉开了一幕古老的传说。

玉有其香，数步之外可闻，或淡或浓，或冷或暖，或明或暗；

其体有轻有响，有白有黄，有蓝有绿，有赤有黑；

其气在跌宕起伏的岁月里始终凝聚。

一块古玉在结绳记事里诠释着巫灵的古玄学观：

洁而不垢，视德；温润光泽，为德；音清彻远，道德。

立下厚德的丰碑！

一个以龙为图腾的华夏，无法绕开以玉书写的那个文化章节，经五千年的时光打磨，玉把自己折叠成饰物的王冠。

看着看着，发现——

白的如割肪，黄的胜金子，蓝的似天空，绿的若水晶，红的像丹砂，黑的如点漆……

经一个朝代与又一个朝代精雕细琢的修订，玉早已占据了百姓的灵魂，在日常生活保持一个安静的崇高姿态。

4

玉河翻滚太多的坷坎与沧桑，隋侯之珠以一个善念的传说，压弯吴钩的光芒。

西周出巡封地的隋侯，在一个秋天的山坡上，发现被腰斩一刀的巨蟒，以一颗向善的心救治。

伤愈。野性的生命收敛起本性的凶狠，绕着马车远去。

翌年秋日。

一个黄毛少年在隋侯的睡梦中出现，自称是那条巨蟒的化身，前来感恩，献珠。

惊醒。一颗圆润洁白的宝珠为床头的夜色点亮光芒。

自然界的蛇与人交恶。

此蛇却知恩图报，而某些人受惠却不作报答的行为，对隋侯的良心猛敲了一锤，陷入一份心酸。

天下知宝珠，引起诸侯争夺。

一念之间的垂涎，因珠开战。

但一颗珍珠无法压盖人间所有的大恶。

天下大乱，楚歌响起。

不久，隋侯之珠跟随秦国的最后一声凄楚的哀唱，隐身而去。

5

卞和献玉的痛感经历，在史册里留下撕心裂肺的绵长血泪。

谁有眼无珠，不识庐山真面目？

是什么信念？让楚人卞和抱紧了死亡，仍然坚信璞玉是瑰宝！

是忠！是勇！！

不顾性命，敢于献宝，从玉德的精神出发，矢志不移！

一个感人的故事，深入一代又一代的生活里。

从此，凡美者却以玉言之：

玉食、玉女、玉液、玉扇、玉局……

在浪漫的神思浮想中，人类把宝玉带入神秘的幻境，陶醉其中。

满身宝气的玉，在尊贵的悲喜声中获得人类的一再咏唱。

6

谁能够从独秀天下的玉器中听到响玉好坏的音质，编出一套悠扬清雅的编钟，敲醒生活？

一支玉笛为时间沉默，怕吹出真实的混沌；

而出声，意味着百转千回的光明从一个笛孔亮出，照彻萎靡不振的影像。

谁可以吹着如泣如诉的玉笛，引来一只凤，把一个陈年的爱情吹出来，又回响着过去？

琴瑟和鸣。

翠箫倾吐千年的凄美，谁怜？

从箫声的典故里，听到一个低远悠长的传说：

张良凭手里一支玉箫吹退八千敌人，坐享平安。

一支晶莹剔透的玉笛，似竹节状，中空，从不包藏祸心，吹出来，是有声有色的律吕；

散入春风，摇活绝地的花草。

在凤凰台冷然作响，疑似丝竹匏之乐，不绝如缕……

唯有李清照知其音所向，赋予一首忆旧的情志，醉于春色。

玉声清亮，与天籁神奇交响，穿过时间击破的长空，竟被一匹风驮到大地深处。

7

在精神的哲学和物质的医学上，玉延绵养生，延命的长度，终被祖先珍视。

独玉被日月内化成甘平的气味，祛除胃中烦闷的燥热。

翡翠助人克服情感的抑郁，缓解呼吸系统的疾患。

玉枕具有安神之功，在夜中安抚失眠者醉入梦乡。

玉杯发挥内在神奇的拯救，把酒里涩辣的味道变得淳厚甘美。

玉玺曾经盖出王的秩序，凌驾一切，掌控整个江山。但从旧的舞台退出后，在新的礼仪里，神的色彩被瓦解成一片虚无。

被岁月遣返人间，玉静坐一生。

光而不炫耀，养人一世。

冰清，透明。

8

当今的魔手把所有的玉推到利的极致。

而利欲熏心，把不可能变成了可能的事实——

经过三个月的煮料，石头通过硫酸漂白的验证，产生刺鼻的气味，再由氢氧化钠处理，缩短抵达玉的距离，然后用高压技术充色……

制造翡翠的秘密被揭穿，露出破绽。

但谁敢站在道义的高地，把假的翡翠从真玉的队伍里除名，捍卫翡翠纯洁的立场?

那些劣质的玉、假冒的翡翠与玉商的艳遇中，结成庞大的资金链，经过市场年审，玉商已经腰缠亿贯。

可惜，没有谁做出有罪的推定。

玉石的历史前浪被今天的后浪推向峰值。

山高玉为峰!

让无数人低头行礼。

呜呼哀哉！面对充色成翡翠的石头，请带我逃离向往的现场。

2015. 8. 25

叶　蝶

伪装一生，混进树叶的队伍。
未遭揭发，但看见风的鞭子甩一下，它就轻轻颤抖。
在丛林，沿一株草的梦睡下，不动，是一片斑斓的叶；
扇动单薄的翅膀飞起，才从目光的阅读里发现是蝶。
以假的肉身冒充真实的躯体，在扭曲的阳光下层出不穷。
蝶潜伏草丛，最适合做叶的替身。
别让一片伪装淹没了另一种真相。
我们的视力与判断力出现了问题：
把蝶当叶，又把叶当蝶。

2015. 8. 27

目光里的世界

红叶在秋风的诱导下脱掉红枫的本色，沦为落叶。

哪一处的蔬菜不腐烂在土地的鼠洞里?

目光里的世界不是冰清玉洁的镜像，有太多夏蝉的鼓噪。

鱼龙混杂的大海涌起的一片浪的冤情，被吃人鲨吞没。

目光重返阳光点亮的大地，发现垃圾带来的厌倦，在生活里读成精神的忧郁。

但以白云捍卫的天空，在鸟翅的鼓动之上，没有失掉那一片蓝色。

2015. 9. 9

穷大方

1

在穷乡僻壤生长的红薯，缺少肥沃的营养，只靠雨水充饥，一天天瘦了。

弯弯如钩，钓不起一地细碎的阳光。

薯叶抚过的夜色，盖住艰难的乡村。

独居荒地的薯藤，甘愿作饲料，把猪养活养肥。

2

几亩甘蔗，紧紧抓住乡愁，从几亩贫土站立起来，酸痛的膝盖遭受雨弄的风湿症，颤抖着……

从黑沉的夜里醒来，亮相在阳光面前，

一脚土，一口风，活着。

把一点点甜，长年累月地积攒于心，在生活需要的时候，甜了一个个苦口。

3

一列满载着煤炭的火车，从大山里开出，穿过了大半个中国，被冷雨湿了一路拉响的笛声，但掩盖不了煤——

火热的心！

火车抵达冬季的站台。

煤被卸下，在封冻的冰天一次次走近生活，一次次燃烧自己，把人们冷却的心温暖起来。

4

一个捡破烂为生的人，

梦高过天空，能揽着一条河流入睡，

捡到破烂的月光再多，变卖成一片闪光的白银，也养不胖离夏天越来越远的夜。

贫穷的极致——

不是一株瘦弱的向日葵将一片金黄向天空呈现，而是一个捡破烂的人，将自己半生的积蓄奉献给一个躺在病床等死的人。

杯水车薪，早已料定。

在越来越冷的日子，一根火柴溅起的火星，微不足道，但夜色掩盖不了它的亮点。

2015. 10. 1

啊，是人参

天空为深山铺满了一宿的白银。

一株植物不为所动，默默生长。

更高的大树俯视着这株渺小的植物，它每抽出一片新叶，都拒绝接受大树的庇荫。

熏香了春天的花香，

令无数的蜜蜂发出嗡嗡叫。

但一株植物不为所动，与一土一草厮守着分分秒秒。

荒凉的飘雪，逐日积厚，埋没了这株植物很久很久……

什么时候才有出头之日，受到太阳接见？

经历几多风雨？

饱受多少炎凉？

起风了。

树都挂不稳鸟声时，这株植物摇摆过，不只一次。

下雨了。

瘦弱的根须免遭莫大的干渴之苦。

一株植物的梦，得到一场雨的拯救。

五十年在深山里的寂寞，这株植物没有选择凋零，一生坚定的底色是：绿！

那天，一个采药者向这株植物走来，它以松动的姿态走出深山。

真身得以正位：啊，是人参！

2015. 10. 8.

悬崖上的春天

经过一个冬天的验证，站在悬崖上的，是梅花的化身。

寒风一到，它花一样的声音就亮开了。

而曾经的飞雪来过一回回，它并没有让花蕊里的那一抹美色招展出来。

花香在它体内发酵成春天。

恰好，让一只掠过的鹰看见——

它站在危险之上！

乌云带着阴天的密令向它压来。被迫喝下一杯苦雨，它还是迎风而立，拒绝了断自己的孤独。

世界演变成灯红酒绿的戏剧。

它仍然站立在悬崖上，守望一座江山，没有人看见它的绝望。

它不掉下去，永远是风光无限的春天！

2015. 10. 14

翠竹怨

我是一棵小小的翠竹，被你栽在山村，是绕不过的缘分。

自你离开山村后，我仅长一寸高，徒增十分愁。

因土地贫瘠，我空有一生绿梦，长也长不高，一点点瘦下去；因你不回来，我寂寞山相伴，一天天黄下去。

我是一枝小小的翠竹，被你栽在山村，是绕不过的缘分。

但你为什么一句话不说，狠心离开我？

我伤不起，等不起，常以雨水洗伤痕，常托白云寄痴梦。

你如今远在他乡，不回来看我一眼，想了结今生的因果吗？

我一节节痛，怎能不生怨结？

我是一棵小小的翠竹，看来，今生只能终老在被群山环绕的山村。待你清明时节回来，看见一棵翠竹孤立山冈而枯萎，才会出现纷飞凄雨。

2015. 11. 14

了悟“混”

看到一根成不了栋梁的木头与一堆火混在一起，知道早晚会出事：

只一袋烟工夫，烧毁了一片干烈的草，木头也成了灰烬。

看见沙子这一堆，那一摊，我开始不以为然；

后来发现沙子与水泥混在一起，牢不可破，构成坚实的基础，撑起高楼大厦，总算混出名堂。

我也想混，可我不是沙子，无法与水泥相混。

与什么混好呢？

与美女混，能欣赏到闭月羞花之貌，但会让人误会成好色之徒，也会让妻子吃醋。

不妙！

摸入夜里吧！与萤火虫混一会玩玩，却越混越黑，自己看不清自己。

我不小心踩到湿地，和淤泥只混了片刻，就弄脏了鞋。

只有一江流水，才漂洗去我的污垢。

唉！这日子怎么混下去？

走出古旧而暗淡的清规，回家。生活。

我常常与妻子厮混。那是灵与肉的交媾呀！

像极了一片叶子与另一片叶子美的重叠。

愉悦的感觉：

身体好似一张树叶，在心空里飘呀飘。

2015. 11. 19

荒原的老树

云居天上，活着，整天空闲，自在得不用背负沉重的时光。

怎能体会一棵老树在风雨里失掉叶子的伤痛？

一棵老树被风推向一望无际的辽阔；

又被荒原的荒凉压得吱吱响，只有吐露根子被拔的吁叹。

所有的阳光在大地上苍白无力，横渡不了一湖长满皱纹的倒影，也无法打坐一棵老树成佛。

一棵树已经老了。

有阳光可依，有四季可靠，也划不动得而不喜的黄昏。

整理落叶的感慨，一再修改随风摇摆的枝丫。

岁月弄成的遍体鳞伤，早已超出它的预设。

怎样挺拔才能度过一生的沧桑？

2015. 12. 5

微　尘

所有微尘都由凡尘制造。

世间并非空无一物。空中的空白处，也隐忍着微尘。

日常多变，气候无常。

风——

吹与不吹，物质的尘土还是在形体之外，而欲望的微尘在形体之内。

在沙尘暴的戈壁滩上，没有刻着纯美的风景。

我听见风撕裂树枝的声音，有红尘滚滚的影像，在未眠人耳中演绎成一曲喧嚣。

风——

来与不来，微尘都不会从世界消失。

表面干净的桌面，用白纸一抹，照样有尘。

约束自己，约束好有漏洞的生活，养成经常清洁的习惯，促使自己干净，促使环境卫生。

造物主牢牢地把尘土与生活拴在一起。

而微尘，

一生都属于尘土。

在沙漠，闭着眼睛抓一把，是微尘。

在阳光下，有时心态一变，向着高高的天空，将微尘看成了白云。其实：看山还是山，看人间还是尘世。

微尘腾空是风起的必然。

2015. 12. 11

远　方

远方，离我们多远？

一尺尺算，一天天数，远方还未在视线内。

头发爬满了沧桑的银霜，远方依然是远方。

远方不是一个确实的地方。

远方没有危机四伏的杯弓蛇影。有撒落草丛，不以吼叫为恶的鸟鸣从耳畔传来，给打上善良的标签。有泥土供养的鲜花。有自由奔跑的动物，喊几声，就喊去了眼里积郁的泪滴。

远方，有时只是一个梦。

在梦中，幸福的人没有一世的心伤。

梦幻成现实？不好说。

更多时候，远方是我们追求的理想，接近或抵达它，是一生奋斗的目标，有时甚至要付出生命的代价。

通向远方的路不是坦途。

全是荆棘。

荆棘的尖利，往往可以检验出一根骨头是不是软在晚节不保的皮肉里。

面对风雨横行的日子，是不是放弃远方不读？看天色行事？

谈论远方，有不少人还是背着一生的重负，把云看淡，把草看低，把自己的抱负感慨成长吁短叹。

走向远方，另一种人怀着生活的利，披着身上的益，一步一张望，一说一回想，遇着大风刮出揪心的荒凉，也不松开一切。

牙，松动得啃不动坚硬的岁月了，还在想着咀嚼远方投射来的阳光。

另类的人，把远方画成圈子，把一伙人拉入圈内，整成偌大的花园，分一枝花朵给这个，分一点暗香给那个，嘻嘻哈哈……

远方好热闹。

去远方的路上奔突着万钧雷霆。

去远方，意味着付出一生的艰辛，孤独的泪水在血肉里找不到生活的归宿。只能在一朵云里播下星光，但照不亮四野沉寂的黑夜。

远方，是否在未来的视距之内，像风儿在冰裂的河面传至开春的声音？

等春天宣读！

2015. 12. 17